Herstellung und Verlag:
BoD – Books on Demand, Norderstedt
ISBN: 9783755739289

MANFRED HENZE

DIE MÄDCHEN-SCHLÄCHTER

Der Fall Buntrock / Erbe

Schaurige Morde an
„Dienstmädchen in Stellung"

Manfred Henze, 1952 in der Innenstadt von Neustadt am Rübenberge geboren, trat gleich nach der Schule 1970 in den Polizeidienst des Landes Niedersachsen ein. Im Laufe der über 45 Dienstjahre machte der Diplom-Verwaltungswirt (FH) Karriere und wurde 2015 als Polizei-Chef pensioniert.

Bereits während seiner Dienstzeit engagierte er sich für die Opferhilfeorganisation WEISSER RING und wurde im Ruhestand dessen ehrenamtlicher Leiter.

Henze ist verheiratet, hat zwei erwachsene Söhne und wohnt in Neustadt-Poggenhagen. Er ist Mitglied in zahlreichen sozialen Vereinen und karitativen Institutionen.

In seinen beiden ersten Werken beschreibt er reale Verbrechen. Es folgten zwei Kriminalromane. Mit „Die Mädchenschlächter" kehrt er zu seinen literarischen Wurzeln zurück. Immer gibt er auch Einblicke in die Arbeit der Polizei und der Forensik.

„Man merkt dem Buch in jeder Zeile an, dass der Autor vom Fach ist: Henze als ehemaliger Polizeichef weiß die Ermittlungsverfahren und Zusammenhänge des Polizeialltags authentisch darzustellen, von der Pausengestaltung auf dem Revier bis zur interdisziplinären Arbeit mit Gerichtsmedizin und Staatsanwaltschaft – hier stimmt alles."

Wunstorfer Auepost über „Brassenköppe"

Weitere Titel des Autors:

Stehlen, Quälen, Morden – Das ist doch nicht erlaubt!
BoD – Books on demand, Norderstedt
Überarbeitete Neuauflage
ISBN: 978-3-750417-27-4

Kaffhocker
BoD – Books on demand, Norderstedt
ISBN: 978-3-748119-39-5

Eingemauert für die Ewigkeit
BoD – Books on demand Norderstedt
ISBN: 978-3-750422-82-7

Brassenköppe
BoD – Books on demand Norderstedt
ISBN: 978-3-752661-80-4

© 2021 Manfred Henze
Herstellung und Verlag

BoD – Books on demand, Norderstedt
ISBN: 978-3-755739-28-9
Lektorat und Korrektorat: Rita Nandy
Umschlaggestaltung: Julian Henze
Technische Umsetzung: Moritz Henze

Mehr über den Autor im Internet unter:
www.manfredhenze.de

Für Marie und Ida

„Der Mensch ist erst wirklich tot,
wenn niemand mehr an ihn denkt."

(Bertolt Brecht)

Liebe Leserinnen und Leser,

für die Lektüre dieses Buches brauchen Sie starke Nerven.

Die Morde, die sich im norddeutschen Raum ereigneten, sind an Grausamkeit und Abscheulichkeit kaum zu überbieten. Sie stellen die meisten der bis dahin begangenen Taten der Kriminalgeschichte in den Schatten.

Die Brutalität des Verbrechens hat die Angehörigen der Opfer traumatisiert. Auch bei den an der Aufklärung beteiligten Personen hinterließen die Gräueltaten eindeutige Spuren.

Sie zeigen, dass Habsucht und Triebhaftigkeit jedes menschliche Empfinden töten können. Der Mensch entwickelt sich zur Bestie.

Die Handlungen entpuppten sich als so furchtbar, dass meine Finger sich fast sträubten, dies aufzuschreiben.

Aber lesen Sie selbst …

Schwurgerichtsverhandlung am 24. Juni 1892:

Landgerichtsdirektor Polte:

:

„Ihre Wirtin hat erzählt: Sie haben des Nachts häufig geweint?"

Angeklagte Buntrock:

„Das stimmt. Das geschah wegen des vielen Totmachens."

Inhalt

1

Die Opfersuche

Der Frühling im Jahre 1890 hält einen trostlosen Einzug. Die Monate April und Mai bescheren den Menschen kühles und regnerisches Wetter.

Marie Klingemann, in der Nähe von Hannover in Neustadt am Rübenberge, Ortsteil Basse, geboren, hatte Anfang des Jahres ihren 16. Geburtstag gefeiert. Die Eltern betreiben eine kleinbäuerliche Landwirtschaft. Für das Ehepaar Klingemann mit ihren sechs Kindern reicht es nicht mehr, alle Mäuler satt zu bekommen.
Vater und Mutter entscheiden daher, dass ihre Tochter bei einer „Herrschaft in Stellung gehen" soll. Anständige, fleißige

Dienstmädchen genießen in gehobenen Kreisen einen guten Ruf. Ihr Auskommen scheint halbwegs gesichert. Die Eltern hoffen, eine gute Wahl für ihre Tochter getroffen zu haben.

Marie meistert trotz ihrer Jugend alle im Haushalt anfallenden Arbeiten: Putzen, Saubermachen, Waschen, Bügeln, Kochen und Geschirrspülen. Sie kümmert sich liebevoll um ihre Geschwister. Die Einkäufe erledigt sie mit Bravour. Als Landwirtstochter versteht sie es, das Kleinvieh zu versorgen.

Marie Klingemann entwickelt genaue Pläne für ihre Zukunft. Ihre Anstellung möchte sie in einem überschaubaren Haushalt in der näheren Umgebung beginnen. In der Hoffnung auf ein besseres Gehalt und vorteilhaftere Arbeitsbedingungen beabsichtigt sie, nach einem Jahr in einem anderen Haushalt unterzukommen. Dadurch würde sie die Möglichkeit haben, unterschiedliche Arbeiten zu verrichten. Das stünde in ihrem Dienstbuch und würde ihre vielseitige Einsetzbarkeit bezeugen.

Das baldige Ende der Schulpflicht betrachtet sie vermehrt unter dem Blickwinkel der bevorstehenden beruflichen Tätigkeit. Auf Geheiß ihrer Eltern, die ihre Arbeitskraft auf dem Feld benötigen, schwänzt sie allerdings hin und wieder den Unterricht.

Im letzten Jahr ihres Volksschulbesuches in Basse, einer sogenannten Einheitsschule, bespricht der Lehrer mit den älteren Schülern die „Gesindeordnung". Für Schulmädchen, die „in Stellung" gehen wollen, vertieft sie der Schulmeister sogar.

Diese Verordnung, mit dem aus heutiger Sicht sehr erniedrigenden Namen, ist die Rechtsgrundlage des Dienstmädchen-verhältnisses. Sie regelt die Rechte und Pflichten des Dienstmädchens und der „Herrschaft". Die jungen Mädels sind verpflichtet, ihre Arbeitskraft unein-geschränkt zur Verfügung zu stellen, gehören zum Haushalt und stehen somit in einem persönlichen Abhängigkeitsverhältnis. Die „Herrschaft" verpflichtet sich im Gegenzug, für ihr leibliches und sittliches Wohl zu sorgen. Sie stellen also Unterkunft sowie Verpflegung und halten das „Gesinde" zu Kirchgang und gottesfürchtigem Leben an.

Die Dienstmädchen müssen ein Dienstbuch führen, das die Polizeibehörde ausstellt.

In den regionalen Zeitungen findet Marie täglich und reichlich Stellenanzeigen.
Sie bewirbt sich auf folgende aus dem General-Anzeiger für Neustadt und Wunstorf:

„Auf dem Rittergute Hudemühlen bei Ahlden a. d. Aller wird auf gleich oder doch bald ein tüchtiges Landmädchen gesucht, welches mit Vieh umzugehen versteht und gut melken kann. Guter Lohn wird entsprechender Leistungen zugesichert."

„Wegen Auswanderung des jetzigen wird zu Johanni ein Mädchen bei gutem Lohn zu mieten gesucht von Maurermeister Redderroth Neustadt a. R."

„Gesucht: ein ordentliches Mädchen im Alter von 15 – 17 Jahren zu Michaelis d. J. von Frau Tierarzt Politz, Städt. Central-Schlacht- und Viehhof"

Gelegentlich leisten auch Vermittler bei Stellungssuche Hilfe. Sie geben nicht selten selbst die Anzeigen auf.

1890 liest man in Zeitungen des norddeutschen und westfälischen Raums, wie zum Beispiel der Leine-Zeitung in Neustadt am Rübenberge, gleichlautende Stellenanzeigen. Mit dem sucht man nach jungen Frauen, vorzugsweise aus gutem Hause, die für eine Adelsfamilie arbeiten sollen:

„Grafenfamilie sucht eine Reisebegleiterin bei hohem Gehalt und guter Verpflegung zu sofortigem Antritt."

Die Anzeige klingt interessant, verlockend und vielversprechend. Außerdem verspricht das Reisen gegenüber der stupiden Hausarbeit eine willkommene Abwechslung, um aus der engen, eingeschränkten Heimstätte herauszukommen, überlegt sich Marie.

Die Sehnsucht des Ausbrechens aus den gewohnten Bahnen besteht bei der 16-Jährigen durchaus.

Auf die verheißungsvollen Annoncen melden sich einige junge Frauen. Darunter auch die anspruchslose und bescheidende Marie Klingemann aus dem Neustädter Dörfchen Basse.

Sie bewirbt sich mit einem Lebenslauf auf die Chiffre-Anzeige. Jubelschreiend hält sie ihren Eltern eine schriftliche Antwort unter die Nase, in der steht, dass sich die Vermittlerin mit ihr verabreden möchte.

Für Freitag, den 11. April 1890, ist um 15 Uhr ein Treffen im gerade eröffneten Café von Heinrich „Heini" Knoke an der Marktstraße/Ecke Mittelstraße in Neustadt am Rübenberge vorgesehen.

Die Vermittlerin reist mit dem Nachmittagszug an. Als die Dampflokomotive Poggenhagen durchfährt, geht sie schwankend schon einmal in Richtung Waggonausgang. Nach dem Halt auf Bahnsteig 1 steigt sie mondän die Trittstufen des Waggons hinunter. Der herbeigeeilte Schaffner hält ihr dabei die Hand entgegen und ist der Grazie behilflich. Es regnet. Sie stolziert nun eleganten Schrittes mit aufgespanntem Regenschirm und in der rechten Hand einen Damen-Handkorb tragend die Marktstraße entlang. Dabei zieht sie die Blicke der dörflichen Bevölkerung auf sich. Man schaut ihr ungeniert hinterher. So einen Anblick erhaschen die Neustädter nicht alle Tage.

Marie hat ihr Leben bisher nur in Neustadt verbracht, trotzdem war sie bisher noch nie in Knokes Café. Für die Fahrt dorthin hat sie tags zuvor extra noch ihr Fahrrad geputzt.

Mit einem grauen Rock, weißer Bluse und Wollstrickjacke hat sie auch sich für ihre Verhältnisse herausgeputzt. Sie wirkt allerdings mit ihrer Kleidung eher bieder und schmucklos. Keinesfalls attraktiv, sondern ländlich anständig. Der Wind zerzaust während der Fahrt ihre Haare und trotz übergestreifter Pelerine, einem Cape ähnlichen Umhang, wird sie etwas nass.

Am ersten Tisch sitzt sie, bei weit geöffneter Eingangstür, mit der Stellenvermittlerin wie auf dem Präsentierteller. Aus den Augenwinkeln erblickt sie vorbeigehende Passanten. Einige kennt sie, und diese nehmen auch die „kleine" Marie wahr. Für die unscheinbare Bauerstochter vom Dorf ist dies ein erhebender Moment und eine neue, spannende Erfahrung.

Zu Beginn des Gespräches stellt sich die Vermittlerin als Anna Blume vor. Die großgewachsene Frau mittleren Alters ist elegant gekleidet und legt ein vornehmes Benehmen an den Tag. Marie fühlt sich sehr genau gemustert. Der extravaganten Dame scheint nichts zu entgehen. Geschickt erzählt sie von sich, ihrer Tätigkeit und fragt ganz nebenbei Marie aus. Das unbedarfte Mädchen bemerkt das nicht.

Das Gespräch dauert vierzig Minuten. Die Tasse Kaffee ist geleert. Anna Blume nimmt kein Blatt vor den Mund. Marie komme aufgrund ihrer schlichten, armseligen Kleidung und ihrer Umgangsformen sowie des Auftretens, sie umschreibt es mit „Benimm und Manieren", für die Tätigkeit nicht infrage.

Die Vermittlerin bezahlt das Verköstigte und verabschiedet sich freundlich und höflich von Marie.

Enttäuscht, traurig und niedergeschlagen radelt sie die acht Kilometer über Suttorf nach Hause. Andererseits hat es ihr die Dame wegen ihrer Gradlinigkeit und Seriosität angetan. Unterwegs geht ihr in der halben Stunde das Gespräch noch einmal durch den Kopf. Bei aller Ernüchterung durch den Misserfolg fällt ihr hinsichtlich der gleichwohl schönen Arbeitsstelle aber sofort Ida ein.

Ihre beste Freundin wohnt in Osnabrück. Die großen Ferien verbrachte die Städterin schon oft bei Verwandten auf dem Lande, direkt neben dem Hof der Familie Klingemann.

Marie und Ida freundeten sich im Laufe der Zeit an und waren einander sehr zugetan. Heimlich beneidete „Dorf-Marie" die zwei Jahre ältere „Stadt-Ida".
Ida, die als Hilfsköchin in einer Kaserne im Osnabrücker Stadtteil Schinkel arbeitet, vertraute Marie vor Kurzem an, dass sie eine andere Tätigkeit sucht. Mit einer Grafenfamilie auf Reisen zu gehen, würde Ida bestimmt gefallen, ist sich Marie sicher. So kommt sie auf die Idee, ihr die Chiffre-Anzeige zu schicken und sendet sie ihr mit einem langen Brief.

Ida fesselt der Gedanke einer Reisebegleitung förmlich. Schon kurz nachdem sie ihn erhalten hat, bewirbt sie sich schriftlich unter der Chiffre-Nummer und erhält postwendend eine Antwort. Ida wundert sich allerdings, dass die Stellenvermittlerin Anna Blume ein Vorstellungsgespräch im Bahnhofshotel von Wilhelm Friese in Wunstorf vorschlägt. Andererseits fährt sie ihr mit dem Zug von Hannover nach Wunstorf schon etwas entgegen.

Ida berechnet überschlägig ihre Reiseausgaben. Das unverbindliche Treffen mit ungewissem Ausgang erscheint ihr doch recht kostspielig. Ungeachtet dieser Überlegungen überwiegt der Reiz der Stelle. Die Osnabrückerin trifft sich mit der Vermittlerin am 25. April 1890 – ebenfalls ein Freitag – um 16 Uhr im Café des Bahnhofshotels.
Ida hört schon vom Bahnsteig die laute Dampflok, die sich dem Wunstorfer Bahnhof nähert. Ihr Herz schlägt in diesem Moment schneller. Das Treffen mit der edlen Dame macht sie nervös. Ida verspürt sogar eine Art Prüfungsangst und möchte am liebsten weglaufen.

Angesichts der hohen Reisekosten wartet sie dennoch auf Anna Blume. Schon nach kurzer Zeit bemerkt Ida, dass diese immer ungehaltener wird.
„Eine so kleine Person habe ich nicht erwartet", macht sie ihrem Ärger Luft. Ida misst nur 1,57 Meter. Offensichtlich hoffte sie auch auf ein

Mädchen mit weiblichen Rundungen und rechnete nicht mit einer so knabenhaften Figur wie der von Ida. Trotz ihrer 18 Jahre wirkt sie zudem noch äußerst kindlich. Einzig der Fuchspelz um den Hals der Ida gefällt ihr ausgesprochen gut, was sie mehrmals betont.

Anna Blume macht dennoch keinen Hehl aus ihrer Enttäuschung: *„Hier in der Gegend werde ich vom Pech verfolgt"*, wettert sie.
Die Vermittlerin erzählt, dass sie sich als gelernte Zuschneiderin bei einer Leinenweberei im Nachbarort Steinhude beworben hatte. Obwohl sie eine Frau vom Fach sei, benötigte man sie dort nicht. Dabei redet sie sich förmlich in Rage. Schlagwörter wie „Hemd ohne Naht", „Jacquard-Webstuhl" und „Familie Bühmann" bleiben Ida in Erinnerung.

Anschließend erteilt sie dem jungen Mädchen eine Absage, holt aus ihrem Damen-Handkorb das Portemonnaie, zahlt beide Kaffee und verabschiedet sich eiligst.
Nach diesem Fehlschlag beschließt Ida, ihre Verwandten in Basse und selbstverständlich Marie zu besuchen.

Am frühen Abend trösten sie sich gegenseitig. Mit anderen Mädchen aus Basse vergnügen sie sich bei einer Musikdarbietung der Dorfjugend auf dem Treckebüel in der Spinnstube.

Die verlockende Stellenanzeige findet sich auch in weiteren lokalen Zeitungen:

„Grafenfamilie sucht eine Reisebegleiterin bei hohem Gehalt und guter Verpflegung zu sofortigem Antritt."

„DIE HARKE", die sich in Familienbesitz befindet und im Raum Nienburg erscheint, druckt sie ab, ebenso wie das Mindener Tageblatt.

Die 16-jährige Auguste „Guste" Kölling verlor 1888 ihre Eltern bei einem Arbeitsunfall. Vater und Mutter kamen ums Leben, als ihr Holzfuhrwerk im Nienburger Land vom Feldweg abkam und in die Weser stürzte. Seitdem lebt sie bei ihrer Großmutter. Der Wunsch nach Selbständigkeit und Unabhängigkeit reift verstärkt auf ihrem Weg zum Erwachsenwerden und die verheißungsvolle Annonce gibt ihr Hoffnung.

Die Stellenvermittlerin schlägt ein Treffen am Mittwoch, 30. April 1890, gleich morgens um 8 Uhr, im Nienburger Posthof vor. Die Dame reist mit dem Zug an, steigt am Nienburger Bahnhof aus und schreitet hochnäsig entlang der Wilhelmstraße über den Schloßplatz in Richtung Weser zum Posthof.

Schicksal oder göttliche Fügung? Die vergessliche Großmutter weckt ihre Enkelin nicht rechtzeitig. „Guste" verschläft den Termin. Als sie abgehetzt gegen 9 Uhr am Posthof ankommt, ist die Vermittlerin bereits gegangen.

Die Arbeitgeberin gibt zahlreiche weitere Annoncen in Auftrag. Sie erscheinen auch im Raum Dortmund, Magdeburg und Hameln.

Die Suche nach jungen, hübschen, attraktiven Reisebegleiterinnen geht weiter, zahlreiche Treffen folgen.
Auf eine Stellenanzeige meldet sich Ende April 1890 auch die 21-jährige Elisabeth Rother aus Dortmund. Die Vermittlerin verabredet sich mit ihr für Freitag, den 2. Mai 1890, am Eingang des Dortmunder Hauptbahnhofs.

Elisabeth Rother wartet jedoch vergebens. Die Dame erscheint nicht. Der Grund ist banal. Einen Tag zuvor, am 1. Mai 1890, wurde zum ersten Mal der „Kampftag der Arbeiterbewegung" ausgerufen. Den Protest- und Gedenktag beging die Arbeiterschaft in diesem Jahr das erste Mal weltweit mit Massenstreiks und großen Demonstrationen. Die Arbeiter protestierten auch in Dortmund. Die Vermittlerin und ihr Anhang gerieten in diesen Trubel. Sie demonstrierten aber nicht mit, sondern frönten dem Alkohol. Der übermäßige Biergenuss führte zu einem „dickem" Kopf. So verschlafen sie den gesamten Freitag.

Luise Müller ist ebenfalls zu einem Treffen am Dortmunder Bahnhofseingang eingeladen. Dieses findet am Mittwoch, den 8. Mai 1890, statt. Bereits nach den ersten Sätzen ist Anna Blume von ihr äußerst angetan. Sie ist Feuer und Flamme von der 25-jährigen, äußerst hübschen, schwarzhaarigen und attraktiv gekleideten jungen Frau.

Sie engagiert Luise Müller vom Fleck weg. Die Dame möchte die neue Reisebegleiterin gleich dem Grafenpaar vorstellen, das in einem Wäldchen nahe Dortmund lebt.

Kurz vor dem Waldgelände wird die Vermittlerin jedoch ausfallend. Unverschämte, widerliche Begriffe reihen sich aneinander. Sie betastet den Stoff Ihrer Kleidung und begrapscht sie in Höhe der Brust. Luise wehrt sich mit ihren Armen gegen die Annäherungsversuche. Hin und wieder kramt die Vermittlerin in ihrem mitgeführten, großen Damen-Handkorb und sucht offensichtlich etwas. Luise ist das alles unerklärlich und sehr peinlich. Sie entrüstet sich energisch und findet letztendlich das Verhalten unerträglich.

„Wie kann man nur so dreist sein?", denkt sich die engagierte, junge Frau.

Aber auch aufkommende Angst macht sich breit. Die resolute Luise Müller lehnt es daher ab, weiterhin mit Anna Blume durch den Wald zu gehen. Sie besteht vehement darauf, den Heimweg antreten zu dürfen. Man trennt sich, sehr zum Bedauern der Vermittlerin.

Die in Magdeburg aufgegebenen Stellenanzeigen erfreuen sich einer besonders großen Beachtung. Die Nachfrage überrascht die Auftraggeberin. Mit einer solchen Aufmerksamkeit rechnete sie nicht.

Die 20-jährige Wilma Wagenknecht nimmt Verbindung auf. Sie verabreden sich für

Montag, den 19. Mai 1890, in einer Konditorei in der Innenstadt von Magdeburg. Schon der überaus kräftige Händedruck der korpulenten Bewerberin schreckt die Vermittlerin ab. Die burschikose Wilma erscheint Anna Blume, als die sie sich ihr vorstellte, vorlaut und allwissend. Sie kommt kaum zu Wort.

Bereits nach sehr kurzer Zeit verabschiedet sich die Vermittlerin mit einer Absage von der jungen Frau.

Mit einer weiteren Bewerberin namens Emma Kasten trifft sich die Stellenvermittlerin am 21. Mai 1890, nachmittags, in derselben Konditorei. Offensichtlich verkehrt die Arbeitsvermittlerin häufiger dort. Die Bedienung behandelt sie besonders zuvorkommend und spricht sie sogar mit „Frau Blume" an.

Die 30-jährige attraktive Wirtschafterin Emma Kasten wohnt zwar in Minden, ist aber gerade zu Besuch bei ihrer Tante in Neuhaldensleben bei Magdeburg. Sie wirkt gepflegt und hat sich geschmackvoll gekleidet. Sie trägt ein geblümtes, helles Sommerkleid. Die Stellenvermittlerin wirft ihr schmachtende Blicke zu.

Nach einem kurzen Gespräch bezeichnet Anna Blume die Kandidatin als sehr geeignet. Wie sie zu dieser Einschätzung kommt, sagt sie nicht. Sie holt stattdessen aus ihrem Damen-Handkorb einen Block und macht sich Notizen.

Kurzentschlossen nimmt Emma Kasten die Stelle an. Gemeinsam gehen sie noch zur Tante, von der sich die junge Frau rasch verabschiedet. Die Vermittlerin bleibt dabei diskret im Hintergrund.

Die Suche nach einer Reisebegleiterin setzt sich trotzdem fort.

Im Sommer 1890 eröffnete die Königlich Hannöversche Staatseisenbahn eine Strecke, die von Hannover durch die Wedemark in Richtung Visselhövede führt. Der Bau der Eisenbahn ermöglicht den Hannoveranern Tagesausflüge in die Region. Diese Gegend gilt als Tor zur Lüneburger Heide. Die Stellenvermittlerin liebt diese Strecke über alles. Vom Bahnhof Bennemühlen führt der „Kaffeedamm" zu einem Gasthaus mit Kaffeegarten. Gern beobachtet sie dort die Personen an den Nachbartischen.

Für Donnerstag, den 12. Juni 1890, verabreden sich die Bewerberin Grete Willers aus Mellendorf und Vermittlerin Anna Blume dort um 15 Uhr.

Das Gespräch im Sonnenschein entwickelt sich sehr positiv für die 18-Jährige. Raus aus der beschränkten Heidelandschaft in die weite Welt, das klingt für die Jugendliche unheimlich verlockend. Doch es kommt anders.

Grete arrangierte den Termin heimlich, ohne Absprache mit ihren Eltern. Dabei hat sie nicht bedacht, dass ihre ältere Schwester als Bedienung im Gasthaus aushilft. Als diese sie dort erblickt, greift sie ihre Hand und beendet damit das Treffen - sehr zum Verdruss von Anna Blume.

Die 17-jährige, bildhübsche Dora Klages trifft sich am 13. August 1890 mit der Stellenvermittlerin. Auch ihr gibt sie sich als Anna Blume aus. Treffpunkt ist das Café Kröpcke in Hannover, wohin die Dame mondän mit der Pferdestraßenbahn reist. Möglicherweise liegt es auch nur daran, dass sie hochschwanger und die Fahrt so bequemer ist.

Die körperlich gut entwickelte, blonde, junge Dora hat ihr schönstes Kleid angezogen. Die Dame verspricht dem Mädchen spontan eine Stellung als Reisebegleiterin bei der Grafenfamilie. Dora Klages nimmt das Angebot mit Begeisterung an. Euphorisch tritt sie die Rückfahrt nach Hameln an, um sich von ihrer Familie zu verabschieden.

„Grafenfamilie sucht eine Reisebegleiterin bei hohem Gehalt und guter Verpflegung zu sofortigem Antritt"

Es hat neun nachweisliche Bewerbungstreffen auf diese Annonce gegeben. Vielleicht liegt die Dunkelziffer aber auch deutlich höher?

2

Der erste Leichenfund

Friedel Langbein bietet seine Dienste als Tischler und Bestatter in zweiter Generation in der Nähe von Magdeburg an. Keine ungewöhnliche Kombination. In seiner Freizeit begeistert er sich für die Jägerei. Wann immer es seine Zeit zulässt, macht er sich mit seinem Jagdhund Raul auf Patrouillengang durch sein Jagdrevier im Wald von Neuhaldensleben.

In der Nacht zu Sonntag, den 29. November 1891, taut der in der Woche niedergegangene Schnee restlos. Die aufgeweichten Wege erschweren das Gehen, aber Langbein und seinen Hund treibt es nach draußen.

An einem dichten Gehölz, nahe eines Waldweges, verharrt der gut abgerichtete Raul. Er stöbert an einem Baum, fängt mit den Vorderläufen an zu wühlen. Er hebt eine kleine Höhle aus. Mit Gebell weist er sein Herrchen auf einen Fund hin. Friedel Langbein geht zu ihm und legt mit seinem Handstock stochernd etwas frei.

Neben einer Baumwurzel liegt der bis aufs Hemd entkleidete Rumpf eines weiblichen Körpers. Als Bestatter erkennt er sofort, dass die sterblichen Überreste bereits stark in Fäulnis und Zersetzung übergegangen sind.

Als Jäger nimmt er an, dass Waldtiere den Verwesungsgeruch gewittert haben und den Oberkörper teilweise freilegten. Am Knochengerüst registriert er deutliche Fraßspuren.

Langbein bleibt mit einem Mordsschreck am Fundort stehen. Raul hingegen rennt schon weiter und verbellt sich in unmittelbarer Nähe. Der Jäger schiebt oberflächlich mit seinem Handstock Laub und vermodertes Holz beiseite. Entsetzt legt er einen menschlichen Kopf sowie Arme und Beine frei.

Von Berufs wegen ist er mit dem Umgang von Toten vertraut. Dazu gehören Überführung der Leiche vom Sterbeort, über die hygienische Totenversorgung, kosmetische Behandlung und Einkleidung, Einbettung bis hin zur Trauerfeier und Beisetzung. Der Fund der Leichenteile lässt ihn dennoch erschaudern.

Er hatte schon viele Unfalltote und Ermordete gesehen. Doch dabei war er immer auf den Anblick gefasst gewesen. Nun hingegen steht er ganz plötzlich vor den Überresten einer Leiche. Er wird zum Zeugen an einem Tat- oder Fundort.

Zunächst muss er tief Luft holen. Anschließend verlässt er eiligen Schrittes das Waldgebiet. Nach etwa drei Kilometern erreicht er die Polizeidienststelle.

„Ich habe eine Leiche im Wald gefunden", erzählt er aufgeregt dem Dorfgendarmen.

Die sterblichen Überreste lösen umfangreiche polizeiliche Ermittlungen aus. Der Gendarm sichert sofort die Fundstelle. Der Kriminalkommissar des Wochenenddienstes in Magdeburg wird umgehend informiert. Er begibt sich ebenfalls zu den grauenvollen Leichenstücken.

Hermetisch riegeln die Ermittler die nähere Umgebung ab und beginnen mit ihren Untersuchungen. Erstmalig bei der Magdeburger Polizei kommt die Tatortfotografie zum Einsatz. Das Photographische Atelier Wilhelm Röhl aus Magdeburg erhält von der Staatsgewalt den Auftrag.

Wie ein Lauffeuer verbreitet sich die Nachricht vom grässlichen Fund im Dorf, in der Stadt und der gesamten Umgebung.

Wie immer bei solchen Ereignissen machen blitzartig Spekulationen und Verdächtigungen die Runde. Sie beschwören Ängste herauf, lassen weitere Opfer vermuten.
Die Zeitungen tragen dazu bei, indem sie ausführlich und immer wieder darüber berichten:

„Jagdhund spürt verscharrte Leichenteile auf".

Ohne Rauls Spürsinn wäre ein entsetzliches Verbrechen vielleicht für immer unentdeckt geblieben.

3

Der Kriminalkommissar

Warum werden Verbrechen begangen? Steckt das Böse in den Erbanlagen oder spielt das soziale Umfeld eine Rolle?
Ende des 19. Jahrhunderts werden diese Fragen zum Ausgangspunkt einer neuen Wissenschaft, der Kriminologie.

Die Kriminalabteilung in Magdeburg gründete sich erst um 1860. Parallel halten in dieser Zeit neue Beweistheorien und Untersuchungsmethoden Einzug. Dazu gehört beispielsweise der richterliche Augenschein. Sachverständige werden eingesetzt, Zeugenaussagen festgehalten und Indizien gesammelt, das Beschuldigtengeständnis dokumentiert.

Aus heutiger Sicht eine völlig normale Herangehensweise.

Zwanzig Jahre später, Anfang der 1880er-Jahre, bedient sich die Kriminalabteilung auch des lokalen Straftatenaustausches. Sie wertet Berichte über begangene Fälle und Straftäter aus. Dies dient unter anderem der aktuellen polizeilichen Verfolgung, aber auch der Verhütung von Straftaten. Diese „Nachrichtensammel- und Auswertungsstelle" (NSAS) erweist sich als eine nützliche Einrichtung, wie die Ermittler immer wieder feststellen.

Im Jahre 1888 erfolgt der Zusammenschluss der Sitten- und Kriminalpolizei. Ab dem 15. Juli 1889 führt die Magdeburger Polizei die Bezeichnung Königliches Polizeipräsidium.

Drei Jahre zuvor wechselte Kriminalkommissar Arthur „Atze" Schmidt von der Sitten- zur Kriminalpolizei. Dort bearbeitet er überwiegend Tötungsdelikte. Die meisten seiner Kollegen halten den 51-jährigen Kommissar für einen sonderbaren Kauz. Er ist ein Einzelgänger, der keine Bindungen eingeht und im Kameradenkreis wenig beliebt.

Man sagt ihm ein enormes Selbstbewusstsein nach. Auch ein Anflug von Überheblichkeit lässt sich nicht absprechen. Dafür kann er Erfolge in Hülle und Fülle vorweisen, für die ihm seine Kollegen Anerkennung zollen. Mit seiner Hartnäckigkeit und seinen mitunter ungewöhnlichen Ermittlungsmethoden klärte er auch schwierige Kriminalfälle auf. Arthur Schmidt wirkt stets ausgeglichen und besonnen. Druck und manch schrecklichen Anblick lässt er sich nicht anmerken. Dazu trägt bestimmt auch seine über 25-jährige Berufserfahrung bei.

Über kleine, unwichtige Dinge verschwendet er keinen Gedanken. Dafür verfolgt er nach seiner Meinung wichtige Ziele besonders beharrlich. Fehler und gelegentliche Misserfolge spornen ihn an.

Darüber hinaus verbringt er viel Zeit mit dem Lesen von Fachliteratur. Bei seinen Kollegen ruft dieses nur Kopfschütteln hervor. Sie halten nicht viel von den neumodischen Ermittlungsmethoden.

Schmidt liest gerade ein Buch des Franzosen Alphonso Bertillon. Just im Vorjahr 1890 ist europaweit bei der Polizei das nach ihm benannte System „Bertillonage" eingeführt worden. Ein Identifizierungsverfahren, unter anderem für unbekannte Tote, mittels Körpermessung und exakter Beschreibung.

Zum Fortschritt tragen auch Fotos vom Tatort und von den Tätern bei. Kommissar Schmidt kann sich für diese neuen Erkenntnisse begeistern.

Obendrein verschafft sich der Hüne mit seiner Größe von fast zwei Metern Respekt. Dazu passt seine extrem tiefe, angsteinflößende Bassstimme. Schmidt spiegelt Stärke und natürliche Autorität wider. Er stellt einfach eine Persönlichkeit dar. Dies verkörpert er auch im Umgang mit Vorgesetzten, der Staatsanwaltschaft und den Richtern.

Schmidt sah im Laufe seiner Polizeikarriere schon unzählige, eines unnatürlichen Todes Verstorbene in allen Varianten. Es belastet ihn schon lange nicht mehr. Einzig Ausdünstungen von Verblichenen führen bei ihm gelegentlich zu einem Unwohlsein.

Um gegen diese Düfte im wahrsten Sinne des Wortes anzustinken, raucht er Zigaretten wie ein Schlot. Der beißende Rauch belästigt seine

Gegenüber. Er legt aber trotzdem, wie er es nennt, seine „Zigarettenpause" ein.

Im übertragenen Sinne besitzt sein Näschen einen ausgeprägten Geruchs-, aber auch Spürsinn.

Schmidt sitzt an diesem Wochenende in seinem Dienstzimmer im Königlichen Polizeipräsidium Magdeburg. Mit zwei Kollegen seiner alten Dienststelle, der Sitte, und drei Polizeigendarmen spielt er im dichten Tabakqualm das Kartenglücksspiel „Mauscheln". Atze hält ein aussichtsreiches Blatt auf der Hand. Zum also ungünstigsten Zeitpunkt kommt die Meldung eines Leichenfundes im Neuhaldensleber Wald herein.

Dienstbeflissen legt Schmidt die Karten beiseite. Er wechselt in den Arbeitsmodus, indem er sich seinen alten, abgewetzten Tornister schnappt und seinen grünen Lodenmantel überstreift.

Mit dem Tornister des Kommissars hat es so seine Bewandtnis. Der mit Rinderfell bezogene Ranzen aus naturbraunen

Lederteilen lässt ihn nicht gerade modisch aussehen.

Früher trugen Reichswehranghörige solche Rucksäcke. Darin brachten sie Wäsche, Ersatzstiefel und Verpflegung unter. Im Deckelinneren verstauten sie ihre Patronenpäckchen. Außen am Tornister schnallte man den grauen Militärmantel an. Kochgeschirr konnte mit zwei Lederriemen befestigt werden.

Schmidt hingegen funktionierte sein „Kleinod", wie seine Kollegen es schmunzelnd nennen, um. Handschuh und Ersatzstiefel beinhaltet er immer. Bei der Verpflegung sind sie sich unschlüssig. Seine Dienstwaffe und Patronen bewahrt er aber tatsächlich in den Staufächern auf. Für Schlechtwetter bindet er eine Pelerine außen an. Den sonstigen Inhalt hütet er als Geheimnis. Oftmals verblüfft er seine Kollegen mit nützlichen Dingen, die bei Einsätzen zum Vorschein kommen.

Da der Rucksack aufgrund seiner Fellbespannung im Volksmund als „Affe" bezeichnet wird, ziehen ihn die Gendarmen damit gelegentlich auf. Der Anblick des Hünen mit einem Tornister auf dem Rücken tut sein Übriges.

4

Weitere Ermittlungen

Der erste Anschein lässt dem herbeigerufenen Kriminalkommissar Schmidt und seinen Kollegen die Spurenlage im Neuhaldenslebener Wald wenig Hoffnung, die Tote zu identifizieren. Eine Aufklärung des Tötungsdeliktes scheint daher aussichtslos.

Der oder die Täter nahmen dem Mordopfer alle persönlichen Gegenstände, einschließlich der Oberbekleidung, ab.

Aber vielleicht hilft ihnen bei der Identifizierung die „Bertillonage" weiter?

In dem unwegsamen, morastigen Gelände holt Schmidt erst einmal seine Stiefel und die Handschuhe aus dem Tornister. Die anderen

Kriminalbeamten fluchen über den schlammig, schweren Boden an ihren Halbschuhen und holen sich dreckige Hände.

Die sterblichen Überreste und gefundene Stofffetzen der Unterwäsche stellen die Polizeibeamten im Wald sicher. Und da der Finder gleichzeitig Bestatter ist, setzt Schmidt ihn auch amtlich ein. Langbein erhält den Auftrag, die Leichenteile zu bergen und zu sichern.

Am Montag, den 30. November 1891, führt der Gerichtsarzt und Kreisphysikus Oskar Lauterbach die Section, heutzutage heißt es Obduktion, der bereits stark verwesten Überreste einer Frauenleiche durch.

Optimist Schmidt sieht einen kleinen Lichtblick in den erhaltenen Unter-wäschefetzen. Vielleicht können sie zur Identifizierung beitragen. Auf dem Wäschestück sind die beiden Großbuchstaben „E. K." zu erkennen.
Der Kommissar geht davon aus, dass das Monogramm E. K. die Anfangsbuchstaben des Vor- und Nachnamens des Opfers bezeichnen.

In der neu aufgestellten und modern eingerichteten lokalen Nachrichtensammel- und -auswertungsstelle des Königlichen Polizeipräsidiums Magdeburg grenzt der Kommissar den Kreis der Vermissten ein.

Zu den Initialen passt eine Emma Kasten. Eine Angehörige, genauer gesagt ihre Tante, meldete sie am Montag, den 26. Mai 1890, als vermisst. Vor genau eineinhalb Jahren.
Schmidt liest sich in die Vermisstenakte ein: Nachdem die Nichte nichts von sich hören ließ, ging ihre Tante zur Polizei. Die 30-jährige Emma Kasten aus dem westfälischen Minden besuchte damals für längere Zeit ihre Tante und arbeitete nebenbei als Haushälterin.

Mitte Dezember 1891 sucht Schmidt die Tante der ledigen Emma Kasten in Neuhaldensleben auf. Der Kommissar, bekannt als ein Mann des direkten Wortes, erzählt unumwunden von dem Fund einer zerstückelten Leiche. Das Monogramm lasse vermuten, dass dies ihre Nichte Emma Kasten sein könnte. Nicht gerade einfühlsam stellt der grobschlächtige Schmidt seine Frage:

„Ist das die Unterwäsche Ihrer Nichte?"

„Ja", antwortet die Tante und schluchzt. Sie weiß, dass sich Emma auf eine chiffrierte Zeitungsannonce als Reisebegleiterin beworben hatte und sagt Folgendes aus:

„Den Bewerberinnen winkte ein üppiges Gehalt nebst guter Verpflegung. Die einzige Bedingung war, dass die Bewerberinnen kurzfristig verfügbar sein mussten.
Für Emma klang das nach einem Traumjob. Sie schrieb noch am frühen Morgen des Erscheinungstages der Zeitung an die angegebene Chiffreadresse. Einige Zeit später hielt sie eine Antwort auf ihre Bewerbung in den Händen. Eine Stellenvermittlerin lud meine Nichte zu einem Vorstellungsgespräch ein. Die beiden Frauen trafen sich am Nachmittag desselben Tages in einer Konditorei in der Innenstadt von Magdeburg.
Hatte Emma noch etwaige Bedenken gehabt, so waren sie nach dem Gespräch wohl endgültig ausgeräumt. Denn sie nahm die Stelle gern an, verabschiedete sich noch kurz von mir und begleitete die Stellenvermittlerin am frühen Abend zur Grafenresidenz. Das Schloss liege am Rande des Neuhaldensleber Waldes, hatte die Stellenvermittlerin erzählt."

Die Tante erhielt danach kein Lebenszeichen mehr von ihrer Nichte. Emma Kasten blieb spurlos verschwunden. Die Freunde aus Minden machten ihr Vorwürfe. Daher gab sie schließlich bei der Magdeburger Polizei eine Vermisstenanzeige auf.

Die örtliche Polizei sei redlich bemüht gewesen, doch sie habe das Verschwinden nicht aufklären können.
Die Tante kramt anschließend in einer Schublade und reicht Schmidt einen vergilbten Zeitungsausschnitt. Sie hatte die Stellenanzeige im Wanzlebener Kreisblatt noch aufbewahrt. Der Kriminalkommissar nimmt das Beweisstück gleich an sich.

Mit der ausgeschnittenen Anzeige in seinem alten, zerknitterten Tornister sucht er die Redaktion des Kreisblattes auf. Dort herrscht schon vorweihnachtliche Hektik. Schmidt muss sich mit seinem lauten, tiefen Organ Gehör verschaffen.

Tatsächlich lässt sich dort nachvollziehen, wer unter der Chiffre-Nummer die Anzeige aufgegeben und bezahlt hatte.

Der Redakteur, ein sehr umtriebiger älterer Herr, hat ein Gespür für gute Nahrichten. Sogleich wittert er eine Exklusiv-Geschichte. Kommissar Schmidt hingegen schweigt. Er sammelt lediglich Beweise. Der handschriftlich ausgefüllte Verlags-Vordruck stellt für ihn ein bedeutsames Indiz dar. Schmidt liest auf dem Vordruck:

„Rubrik: Stellenanzeigen
Ausgabe: 16
Text: Grafenfamilie   sucht   eine Reisebegleiterin bei hohem Gehalt und   guter   Verpflegung   zu sofortigem Antritt.

Aufgeber: Dorothee   Buntrock, Neuhaldensleben, Bahnhofstraße 1.
Chiffre: 98/90
Unterschrift: Buntrock"

Die Auftraggeberin der Annonce gerät in den Fokus polizeilicher Ermittlungen. Sie kann nach Ansicht von Schmidt in das Tötungsdelikt verstrickt, zumindest aber Zeugin oder Hinweisgeberin sein.

Darüber hinaus gelingt es der Polizei in Magdeburg tatsächlich, eineinhalb Jahre nach dem Verbrechen, noch Augenzeugen aufzutreiben: Wilma Wagenknecht, die abgekanzelte, kräftige Bewerberin und die Konditoreibedienung. Sie liefern der Polizei eine detaillierte Beschreibung der gesuchten Frau.

Die Kriminalbeamten rekonstruieren, dass Emma Kasten sich mit einer Stellenvermittlerin in der Konditorei in der Innenstadt von Magdeburg zum Vorstellungsgespräch traf. Fräulein Kasten nahm die Stelle kurzentschlossen an. Emma verabschiedete sich noch schnell von ihrer Tante und begleitete die Stellenvermittlerin am Spätabend des 21. Mai 1890 zu einer vermeintlichen Grafenresidenz am Rande eines Waldes bei Magdeburg.

Schmidt will noch vor Weihnachten nähere Informationen über die Frau beschaffen und sie erst dann in ihrer Wohnung an der Bahnhofstraße aufsuchen.

Zuvor bittet er den Gendarmen aus Neuhaldensleben schriftlich um Hilfe. Dieser soll sich diskret umhören.

Das Ergebnis der Nachforschungen ist ernüchternd. Eine Frau Buntrock hielt sich nur wenige Wochen als Untermieterin an der angegebenen Adresse auf. Sie verzog nach Hannover.

Gleichwohl lädt der Ermittler den Vermieter vor. Er befragt ihn zu scheinbaren Unwichtigkeiten:
„Hatte die Frau Besuch empfangen und war sie häufiger abwesend?"
Er lässt ihn die Frau genau beschreiben.

Schmidt bleibt daraufhin nichts anderes übrig, als die Kriminalabteilung in Hannover um Unterstützung zu bitten.

Im neuen Jahr erhält er prompt die gewünschte Antwort. Die fällt, einer Großstadtpolizei entsprechend, sehr detailliert aus:

„Dorothee Buntrock, anno 1856 in Holzminden geboren, angemeldet im Juni 1890 für die Anschrift Hannover, Neue Straße 10; von Beruf Schneiderin; seit Herbst 1890 nach Osnabrück verzogen, und zwar dort zur Untermiete wohnhaft in dem Mehrfamilienhaus, Laischaftsstraße 63.
In Osnabrück unterrichtet die besagte Buntrock als Lehrerin an einer Mädchenschule junge Damen für ein monatliches Honorar von 15 Mark

als Wäschezuschneiderin. Polizeilich nicht in Erscheinung getreten."

Für den Magdeburger Kommissar sind diese Erkenntnisse über die Inkulpantin, wie man damals eine Beschuldigte zu nennen pflegte, völlig unauffällig.

Für Arthur Schmidt gibt es folglich nur eine Zielrichtung: Die Person aufsuchen, vorläufig festnehmen und intensiv befragen. Alles andere ergibt sich danach.

5

Festnahme und Geständnis

Am Donnerstag, den 7. Januar 1892, reist Schmidt mit weiteren Ermittlern von Magdeburg nach Osnabrück. Für eine Gegenüberstellung begleitet ihn außerdem Emma Kastens Tante. Sie hat die Stellenvermittlerin, wenn auch nur schemenhaft, bei der Verabschiedung der Nichte von Weitem gesehen.

Am Folgetag, in aller Frühe, stehen die Kriminalen vor der Tür der völlig verdatterten Dorothee Buntrock. Sie wollte gerade ihre Arbeitsstelle aufsuchen. Mit einem Haftbefehl der Staatsanwaltschaft Magdeburg nimmt Kommissar Schmidt die Frau fest.

Die Tante blickt ihn an und nickt ihm nur kurz zu. Der Ermittlungsleiter will es jedoch genau wissen. Er bittet die Tante vor die Wohnungstür:

„Haben Sie die Frau als Stellenvermittlerin wiedererkannt?"

„Ich glaube schon ... Es ist aber schon lange her, und ich habe sie nur aus der Entfernung kurz gesehen", antwortet sie mit flüsternder Stimme.

„Abführen!", weist er anschließend seine Mitarbeiter an. Mit gesenktem Blick schleicht Dorothee Buntrock neben den Beamten her.

Auf Geheiß von Schmidt inspizieren die Polizisten peinlichst genau die untervermietete Einzimmerwohnung einschließlich der mitbenutzten Küche.

Aber wonach suchen sie?

Das Mobiliar erweist sich als spärlich. In einer hochgestelzten Kommode befindet sich Bekleidung, im Fach darunter stehen Schuhe. In einem Biedermeier-Beistelltischchen mit zwei Schubladen und kleinen Fächern werden Nähutensilien aufbewahrt.

Auf dem Nachtschrank steht eine Waschgelegenheit, darüber hängt ein Spiegel. In der Schublade des Schränkchens liegen

Schmuckstücke wie Ketten, Ringe, Ohrringe und Uhren sowie Schminke. Darunter bewahrt die Festgenommene verschiedenste Sachen auf.

Ihre Schlafgelegenheit überdeckt sie mit einem bunten Laken. Unter dem Bett stehen ein Nachttopf sowie mehrere Koffer. An der Innenseite der Zimmertür sind Haken befestigt, an denen Mäntel hängen. Darüber liegen Hüte. Küchengegenstände, Nahrungsmittel und Getränke sind in einem kleinen Schrank untergebracht.

Ein Tisch mit zwei Stühlen und ein Ohrensessel lassen das Zimmer etwas wohnlicher erscheinen.

Der zweifarbig gearbeitete Handkorb mit doppeltem Henkel und zwei Metallschließen auf der Vorderseite erregt die besondere Aufmerksamkeit der Beamten.

Dorothee Buntrock hatte während ihrer Anwesenheit immer wieder auf den Korb gestarrt und wollte ihn bei ihrer Festnahme mitnehmen, was allerdings untersagt wurde.

Der aus einem Deckel und leicht konisch geformtem Unterteil bestehende Korb wird durch zwei, mit Nieten an der Korboberfläche befestigten Lederriemen verbunden. An besagten Riemen befinden sich zugleich die Taschenverschlüsse. Das Grundgerüst des Korbes besteht aus Weide.

Die Freiräume des horizontal und vertikal verlaufenden Flechtwerks werden durch Rattan, Gras und Baumwollschnur geschlossen. Dabei sorgt gerade das sich farblich absetzende Flechtband aus Gras sowie der dunkel und hell auftretende Rattan für eine ansehnliche Musterung des Korbes.

Die beiden Henkel werden mittels vier kleiner Messingringe an der Oberseite des Deckels befestigt, wobei es sich bei einem der Ringe offensichtlich um eine nachträgliche Ergänzung, vermutlich im Zuge einer Reparatur, handelt. Die Form des Korbes erinnert eher an kleine Köfferchen oder Truhen. Der Korb steht unauffällig auf der Sitzfläche eines Stuhles.

Im Korb lagern neben Nähutensilien wie Scheren, Fingerhüten, Nadeln, elastischen Bindern und Haushaltsband, ungewöhnlicherweise auch ein scharfes Fleischermesser, eine Flasche Wasser sowie in einem Umschlag befindliche, aber geöffnete Briefe. Diese bilden mit Bindfäden umwickelt zwei Bündel.

Die wenigen Habseligkeiten in der Wohnung stellen die Durchsuchungskräfte sicher und versiegeln nach der Beweisarbeit die Räumlichkeit.
Die genaue Inaugenscheinnahme der Gegenstände erfolgt in der örtlichen Gendarmerie.

Besonders interessiert sich Schmidt für die Briefbündel. Als wenn er es geahnt hätte, befindet sich bei den Briefen ein Bewerbungsschreiben mit dem Absender Emma Kasten. Der Kommissar bekommt glänzende Augen. Rasch zeigt er den Brief der im Nebenraum wartenden Tante, die auf Anhieb die Handschrift ihrer Nichte erkennt.

Doch nicht nur das. Unter Buntrocks Bekleidungsstücken findet sie das Kleid von Emma, das sie bei dem Vorstellungsgespräch trug.

„Es ist dumm von der Buntrock, eineinhalb Jahre später das Kleid der Toten noch aufzutragen", denkt Schmidt.

Bei näherer Durchsicht finden die Kriminalisten noch weitere Gegenstände aus Emma Kastens Besitz. Dazu gehören eine

Uhr, ihr Koffer und noch weitere persönliche Utensilien, die die Tante ebenfalls kennt.

Auch die Verhaftete ist zwischenzeitlich zur örtlichen Polizeiwache gebracht worden.
Dort unterzieht Schmidt sie mit kräftiger, brummiger Stimme einem „scharfen" Verhör. Den Anwesenden gefriert ihr Blut in den Adern bei diesem Stimmorgan des Kommissars. Obendrein vernebelt blauer Dunst des Kettenrauchers den Raum. Er baut zudem eine Drohkulisse auf:
Dorothee Buntrock sitzt auf einem Holzschemel vor einem riesigen, massiven Eichentisch. Hält Schmidt zu Beginn noch Abstand, wird die Entfernung zur Verdächtigen immer geringer.

„Was haben Sie mit Emma Kasten gemacht?", brüllt er.

„Ich habe mit dem Tod von Emma Kasten nichts zu tun", bestreitet die Beschuldigte mit leiser, aber energischer Stimme die Tat.

Schmidts kräftiger Bass dringt immer tiefer an das Ohr der Verdächtigen. Sein Blick wird zunehmend stechender.

Er holt das Wanzlebener Kreisblatt mit der Stellenanzeige aus seinem Tornister und knallt es unmittelbar vor der Verdächtigen auf den Holztisch. Diese verfolgt sein Handeln aus dem Augenwinkel.

Danach greift er noch einmal in seinen Ranzen. Zum Vorschein kommt der Vordruck des Verlages über eine Stellenanzeige mit dem Namen und der Unterschrift der Auftraggeberin.

Daneben legt er das Bewerbungsschreiben von Emma Kasten zusammen mit ihrer Uhr, zwei Ringen und einer Kette sowie ihrem Koffer.

Als Letztes breitet er in voller Pracht das hübsche Kleid von Emma auf dem Tisch aus. Erst jetzt, bei genaueren Hinsehen, stellt er mehrere schemenhafte Blutflecke fest. Sie sind vermutlich trotz Waschens nicht völlig herausgegangen.

Schmidt lässt nun keine Ausflüchte mehr zu:

„Ich frage Sie noch einmal, was haben Sie mit Emma Kasten gemacht?"

Derart in die Enge getrieben, gesteht die Verdächtige, am Verbrechen beteiligt gewesen zu sein und poltert sofort los:

„Der Mörder ist allerdings mein ehemaliger Liebhaber Fritz Erbe, dem ich nur geholfen habe."

Kommissar Schmidt befragt die Verdächtige zum Tathergang.

In ihrer Aussage gibt sie gefühllos an, nur auf Geheiß ihres Geliebten gehandelt zu haben. Sie habe die junge Frau an einen vereinbarten Ort geführt. Dort überwältigte Erbe sie. Buntrock habe lediglich Emma Kastens Kopf festgehalten, als Fritz Erbe ihr die Gurgel durchschnitt. Eine schreckliche Sauerei sei das umherspritzende Blut gewesen. Sie habe der Toten dann ihr blutverschmiertes Kleid ausgezogen und eine goldene Uhr mit Kette sowie mehrere Ringe abgenommen, außerdem 60 Mark in bar.

Plötzlich greift die Buntrock in den auf dem Eichentisch abgelegten Handkorb und holt Briefe von Fritz Erbe heraus. Aus denen gehe eindeutig hervor, dass der Verfasser Täterwissen besitze, gibt die Verdächtige zu Protokoll.

Kommissar Schmidt glaubt ihren Worten. Er ist schon fast überzeugt, dass sie die Wahrheit sagt.

Auf den Briefen, die Dorothee Buntrock von Fritz Erbe vorlegt, erblickt er dessen vollständigen Absender. Darüber hinaus teilt Erbe in seinem letzten Brief mit, dass er ins Ausland flüchten wolle.

Für den Kriminalbeamten besteht dringender Handlungsbedarf oder besser „Gefahr im Verzuge". Am gleichen Tag ordnet er Erbes Verhaftung durch die örtliche Polizei an. Der potenzielle Mörder soll laut Absender im Evangelischen Vereinsheim in Bielefeld abgestiegen sein. Als Beruf hat er freischaffender „Handelsagent" angegeben. Die Polizeibeamten in Bielefeld sollen den Verhafteten nach Magdeburg überführen.

Die örtlichen Gendarmen in Bielefeld brauchen nur kurz zu recherchieren. Sie erhalten aus der Szene der Kleinkriminellen einen Hinweis. Erbe soll sich in der Nähe des Vereinsheimes in einer Gaststätte aufhalten.

Dort treffen sie ihn tatsächlich an. Erbe schaut die Ermittler überrascht an. Er lässt sich widerstandslos festnehmen.

Die Ermittler verfassen zur Person Fritz Erbe folgenden Vermerk:

„Der mehrfach vorbestrafte Fritz Erbe wurde 1855 in Burgstall geboren. Er war verheiratet, ist aber seit einigen Jahren von seiner Frau geschieden. Früher ging er einmal dem Beruf des Glasers nach. Er führt nun ein unstetes Berufsleben und hält sich jetzt als Kleinkrimineller, vor allem mit Einbrüchen, über Wasser. Er lebt schon seit längerer Zeit mit Dorothee Buntrock in einer eheähnlichen Liebschaft."

Schmidt unterzieht auch Fritz Erbe einem „scharfen" Verhör. Doch es verläuft gänzlich anders als Buntrocks Vernehmung.

Ganz nebenbei macht dem Kommissar sein Gesundheitszustand zu schaffen.
Aufgrund seiner Größe plagen ihn Rückenprobleme. Die Reise strengte den Hünen zusätzlich an. Vor Schmerzen konnte er nachts nicht schlafen. So tritt er den Dienst unausgeruht und griesgrämig an. Für die Kollegen scheint er mal wieder *„übel gelaunt"*

zu sein. Sie kennen nicht die Pein, die Schmidt erträgt. Für sie strotzt der Riese nur so vor Kraft.

Erbe lässt sich in der Vernehmung von den Beweisen nicht einschüchtern. Er leugnet vehement, an dem Mord beteiligt gewesen zu sein. Stattdessen präsentiert Erbe den Beamten einen anderen Tatverdächtigen. Die Buntrock, *„das liederliche Flittchen"*, habe ihn wegen eines Nebenbuhlers verlassen, nachdem sie sich von dem *„ein Balg habe machen lassen"*.

Der Name des *„Mistkerls"* lautet Carl Behrens. Er habe sich inzwischen nach Amerika abgesetzt.

„Der wisse wohl warum, dieser Halunke!"

Kommissar Schmidt konfrontiert Erbe mit seinen Briefen.

Darin beschreibt er die Tat nicht direkt. Er macht vielmehr Andeutungen:

„Die schönen, spannenden Stunden im Wald", „gemeinsam Verbindendes", „Träume von den reizenden Mädchen, in hübschen Kleidern und glänzenden Schmuck, in denen ich nur dich erkenne."

Und trotz der Trennung im Streit war Erbe einem *„letzten schnellen Wiedersehen"*, wie er schreibt, wohl nicht abgeneigt. Die Entfernung zwischen Osnabrück und Bielefeld sei mit etwa 50 Kilometer ja nur sehr gering.

Statt auf die Vorhaltungen des Ermittlungsleiters einzugehen, verweigert der Mordverdächtige die weitere Aussage.

Der Kriminalkommissar nimmt bei Erbe einen eigenartigen, eher süßlichen Körpergeruch wahr. Er stinkt. Schmidt meint einen Hauch „frischer" Leiche in seiner Nase zu spüren. Und zwar von einer Leiche, die im Kalten noch „dampft". Übelkeit kommt in ihm hoch. Um den unangenehmen Duft zu vertreiben, steckt er sich eine Zigarette nach der anderen an. Der kleine Raum ist rauchgeschwängert.

Schmidt muss schließlich einsehen, dass seine Drohgebärden bei Erbe keine Wirkung zeigen.

Er lässt ihn von einem Gendarmen abführen. Der Beamte geleitet ihn über den breiten Flur des Königlichen Polizeipräsidiums und führt ihn zur Treppe nach unten. Auf dem letzten

Absatz dreht sich Erbe noch einmal um. Er hatte die schwere Metalltür des Vernehmungszimmers nicht ins Schloss fallen gehört. Schmidt steht noch immer oben im Türrahmen und sieht Erbe gedankenversunken nach. Vielleicht überbrückt er aber auch nur die Zeit, um nicht gleich wieder in das verrauchte Zimmer zurückkehren zu müssen.

In einer nochmaligen Befragung schildert Dorothee Buntrock dem Kommissar die Sache mit dem Kind anders. Erbe habe sich einfach *„aus dem Staube gemacht, als ich seinen Sprössling zur Welt gebracht habe. Der Schuft wollte dafür nicht aufkommen."*.

Auf Vorhalt von Schmidt, gibt Dorothee Buntrock an, den Namen „Carl Behrens" noch nie gehört zu haben.

Schmidt hält Erbes Beschuldigungen für die typische Taktik eines Ganoven. Er zaubert einen mysteriösen Fremden aus dem Hut oder beschuldigt einen Typen, der gerade ausgewandert und für die Polizei nicht greifbar ist.
Dennoch geht der Kommissar den Hinweisen pflichtbewusst nach. In seinem Inneren hegt

er aber keinen Zweifel an Fritz Erbes Täterschaft. Der Inhalt der Briefe überzeugt ihn restlos von dessen Schuld.

Am 14. Januar 1892 fertigt das Photographische Atelier Wilhelm Röhl in Magdeburg auf Antrag der Staatsanwaltschaft Aufnahmen von Dorothee Buntrock und Fritz Erbe. Dies stellt einen revolutionären Fortschritt auf dem Gebiet der Kriminologie dar. Die Lichtbilder dienen vor allem zur Vorlage gegenüber Zeugen und werden danach in der Nachrichtensammel- und -auswertungsstelle archiviert.

Buntrock hat die Tat gestanden. Das Ermittlungsteam rund um Kommissar Schmidt geht aufgrund der Briefinhalte aber davon aus, dass das Paar noch für weitere Morde verantwortlich ist.

Es kommt noch viel schlimmer als gedacht. Im Laufe der Untersuchungen geht bei der Polizei in Magdeburg ein Hinweis ein, der dem Fall eine ganz neue Dimension verleiht.

Bisher glaubt Schmidt, es lediglich mit einem „einfachen" Raubmord zu tun zu haben.

6

Vom Raubmord zum Serienmord

Die Polizei erhält einen Hinweis, dass sie es mit Serienmördern zu tun haben könnte. Und niemand kann zu dem Zeitpunkt abschätzen, wie viele Frauen diesem Duo zum Opfer gefallen sind.

Wie kommt die Polizei zu dieser Annahme?

Über die Verhaftung von Fritz Erbe und Dorothee Buntrock berichten Anfang des Jahres 1892 die Zeitungen landesweit. Der Hotelier Klages, dem das „Deutsche Haus" in Hameln gehört, liest aufmerksam die Artikel über den Mord in Magdeburg.

Sie lassen ihm keine Ruhe. Schließlich informiert er die Polizei. Unter haargenau den gleichen Umständen verschwand vor eineinhalb Jahren auch seine 17-jährige Tochter.

Schmidt reist sofort von Magdeburg in die Rattenfängerstadt. Heinrich Klages berichtet ihm ausführlich vom Verschwinden seiner Tochter.

Demnach traf sich Dora Klages am 13. August 1890 mit einer Stellenvermittlerin in Hannover in dem neuen, gusseisernen Bau des Café Kröpcke. Sie hieß Anna Blume. Die Dame hatte dem Mädchen eine Stellung als Reisebegleiterin bei einer Grafenfamilie angeboten. Die Begründung lautete: *„Sie sei so elegant gekleidet."*

Seine Tochter sei nach der Arbeitszusage kurz noch einmal nach Hameln gefahren, um sich von der Familie zu verabschieden. Sie habe schnell ihre *„Siebensachen"* gepackt und sich anschließend erneut in Hannover mit der Stellenvermittlerin getroffen.

Das sei das letzte Lebenszeichen gewesen.

Zunächst hätten sie selbst Nachforschungen angestellt, ohne Erfolg. So meldeten sie schließlich ihre Tochter Dora Klages bei der örtlichen Polizei als vermisst.

Glücklicherweise bewahrt Vater Klages einen Brief der Stellenvermittlerin auf. Schmidt gibt unverzüglich einen Schriftvergleich in Auftrag. Das Ergebnis ist eindeutig. Der Brief stammt aus der Feder von Dorothee Buntrock.

Darüber hinaus hatte die Polizei das Bewerbungsschreiben von Dora Klages im Damen-Handkorb der Buntrock gefunden. Heinrich Klages erkennt die Handschrift seiner Tochter wieder.

Die Polizei entdeckt unter den sichergestellten Gegenständen aus der Schublade von Buntrocks Nachtschrank auch Schmuck, der Dora gehörte, den Vater Klages als den seiner Tochter identifiziert.

Mit den neuen Erkenntnissen konfrontiert Artur Schmidt die Verdächtige.

Nach einigem Herumdrucksen gibt Dorothee Buntrock schließlich zu, dass sie im Juni und August 1890 in Hannover in einer dortigen Zeitung eine Anzeige *„einrücken"* ließ, worin sie eine Gesellschafterin suchte.
Nach ihrer Erinnerung führte sie mit neun jungen Frauen in Neustadt, Wunstorf,

Hannover, Nienburg, Dortmund, Magdeburg und der Wedemark Bewerbungsgespräche. Ihre Wahl sei dabei auf Dora Klages gefallen, weil sie das hübscheste Kleid trug.

Sie habe sich am frühen Morgen nach dem Bewerbungsgespräch erneut mit ihr verabredet und gemeinsam fuhren sie mit dem Zug von Hannover zur angeblichen Grafenfamilie nach Eschede.

Sie erinnert sich an wunderschön sonniges Wetter. Die zweistündige Zugfahrt über Hannovers Nordstadt nach Celle und weiter nach Eschede sei wie im Fluge vergangen. Sie hätten sich prächtig unterhalten.

Fritz Erbe sei im selben Zug mitgefahren. Die Bahn traf vormittags um kurz vor zehn Uhr dort ein. Sie habe gemeinsam mit dem Mädchen eine Gaststätte aufgesucht. Erbe sei dort nach ein paar Minuten ebenfalls erschienen und habe an einen Nebentisch Platz genommen.

Das weitere Tatgeschehen schildert Dorothee Buntrock wie folgt:

Sie seien zu Fuß zum Schloss des Grafen im Norden von Eschede gegangen. Sie folgten zunächst der Straße nach Schelploh. An einer Kreuzung, von der die Wege nach Lohe und Weyhausen abzweigen, habe sie so getan, als wisse sie den Weg nicht mehr. Sie schlug dem Mädchen eine Rast vor, bis ihnen ein Passant den Weg weisen könnte.

Wie zuvor abgesprochen, sei nach ein paar Minuten Fritz Erbe „zufällig" vorbeigeschlendert. Er habe den Frauen angeboten, sie direkt zum Ziel zu bringen oder wie Dorothee Buntrock es ausdrückte: Erbe habe den richtigen Fußsteig gezeigt und sei auch zur Gesellschaft' mitgegangen.

Auf dem Weg hätten sie noch Brombeeren gepflückt. Unter belanglosen Gesprächen seien sie in die Nähe des an den Kirchweg stoßenden Sumpfes gelangt. Dort habe Erbe den Wunsch geäußert, ein wenig ausruhen zu dürfen. Er stünde noch unter dem Eindruck einer eben überstandenen Krankheit und sei müde geworden.

Die beiden Frauen stimmten zu. Daraufhin habe sich das Trio in den Schatten einer etwa 30 Schritte links vom Wege stehenden doppelten Kiefer begeben.

Erbe habe Buntrock ein Zeichen gegeben. Diese stopfte daraufhin Dora Klages einen Knebel in den Mund. Fritz Erbe habe derweil das sich heftig sträubende Mädchen von hinten gepackt und festgehalten.

Er habe sie zu Boden geworfen und die 17-Jährige mehrfach brutal und bestialisch vergewaltigt. Als es vorbeigewesen sei, durchschnitt er ihr mit einem Schlachtermesser den Hals. Dabei habe er noch mit nacktem Unterkörper auf ihr gekniet, ihr regelrecht den Kopf abgehackt.

„Die Dora Klages zappelte dennoch zehn Minuten lang", wie es Dorothee Buntrock ausdrückte.

Weil das Zucken ohne Kopf so unheimlich wirkte, habe man ihr schließlich gemeinsam die Beine abgetrennt.
Fritz Erbe habe immer einen Kinderspaten mit sich geführt. Den habe er nun ausgepackt und damit ein Loch gegraben. Sie selbst entkleidete inzwischen die Tote. Der Schmuck von Dora Klages gefiel ihr sehr, so sehr, dass das Begehren überhandnahm. Es sei der Wunsch aufgekommen, ihn mitzunehmen. Aber er habe zu festgesessen. Also habe sie sich das Messer geschnappt und kurzerhand Finger und Ohren abgeschnitten.

Danach „zerstückelten" sie die sterblichen Überreste des Mädchens weiter und schaufelten notdürftig etwas Erde und Moos darüber. Anschießend verwischten sie sauber die Spuren, welche die Tat hinterlassen hatte.

Ihre Vorgehensweise habe dem Tathergang beim Mord an Emma Kasten zuvor im Magdeburger Wald geähnelt. Mitten im Gehölz habe sich Erbe zu ihnen gesellt. Dieser warf dem jungen Mädchen eine Bindfadenschlinge über den Kopf, schnürte ihr damit die Kehle zu, um es am Schreien zu hindern.
Hierauf habe Erbe die Kasten unter Buntrocks Mithilfe lange und ausgiebig vergewaltigt. Alsdann trennte er der jungen Frau mit einem Schlachtermesser den Kopf vom Rumpf.

Bei Dora Klages seien sie klüger gewesen. Nach dem „Schlachten" sei man über und über mit Blut besudelt. Sie hätten deshalb eine Flasche Wasser mitgeschleppt, um sich reinigen zu können. Die leere Flasche hätten sie dann am Tatort zurückgelassen.
Von Eschede seien sie schließlich wieder gemeinsam nach Hannover gefahren.

Das Motiv für das fürchterliche Gemetzel ist für die Ermittler kaum nachvollziehbar, denn Dorothee Buntrock und Fritz Erbe wussten bereits in Hannover, dass ihr Opfer über keinerlei Bargeld verfügte. Dora Klages verwahrte gerade mal drei oder vier Groschen in der Tasche. Dennoch lockte das Mörderduo das Mädchen in die tödliche Falle.

Die Schilderung Buntrocks deckt sich mit der Aussage der Tochter des Wirtspaares, dass in der Bahnhofstraße in Eschede das Gasthaus betreibt. Buntrock, die von der Wirtstochter in einer Gegenüberstellung identifiziert wurde, und das junge, bildhübsche Mädchen verlangten nach einem Kaffee.

Hinterher habe der Mann die Gastwirtschaft betreten. Er sei ihr unheimlich vorgekommen. Sein Bier trank er langsam aus. Immerzu starrte er dabei die beiden Frauen an.

Der Mann habe circa zehn Minuten nach den Damen das Lokal verlassen. Sie habe ihm noch eine Weile hinterhergeschaut.

„Mich hat so ein mulmiges Gefühl beschlichen", sagte sie.

Ihr sei auch der „komische" Gang des Fremden aufgefallen. Bei einer Gegenüberstellung erkennt die Wirtstochter Fritz Erbe auf Anhieb wieder.

Was nach dem Geständnis von Dorothee Buntrock noch fehlt, ist der Leichnam von Dora Klages.

Am 12. März 1892 beraumt die Polizei einen Ortstermin in Eschede an. Aber die geständige Täterin kann sich nicht mehr so recht an den genauen Schauplatz des Verbrechens erinnern.

Am 19. März 1892 lässt man das Waldgelände von ortskundigen Personen nochmals durchkämmen. Der Landbriefträger Eggers entdeckt schließlich die Leiche, etwa 200 Meter entfernt von der Stelle, die Dorothee Buntrock eine Woche zuvor als ungefähren Tatort angegeben hatte.

7

Die Hartnäckigkeit des Kommissars

Den mit allen Wassern gewaschenen Kommissar Schmidt beunruhigt der jetzige Ermittlungsstand. Er befürchtet, dass noch mehr Bewerberinnen ermordet worden sein könnten. Es ist mehr ein Bauchgefühl. Er will sich nicht vorwerfen müssen, nicht alles Menschenmögliche getan zu haben.

Schmidt nimmt sich die Zeit und überfliegt die Vermisstenakten aus dem Raum Magdeburg. Er dehnt seine Lektüre auch auf den norddeutschen Raum aus. Sie erschüttert den Kommissar.

„Seit Mai 1890 wird Mariechen Hirsch vermisst, welche Opfer eines Verbrechens wurde, nicht auszuschließen ist."

„Aus Anlass der Untersuchung wegen Mordes an Else Brink wird um Ermittlung des Aufenthaltsortes der Vermissten ersucht."

„Seit längerer Zeit von zu Hause abwesend, ohne ihrer Familie Kenntnis zu geben, ist Rose Gellermann."

„Es wird ersucht, nach Katharina Meyer zu recherchieren."

Und so weiter und so weiter …

Die Fälle nehmen kein Ende. Ein Zusammenhang zu den Taten von Erbe und Buntrock kann aber nicht hergestellt werden.

Ein Beamter der Vermisstenstelle, der ihm bei der Sichtung behilflich ist, erzählt aus seinem reichen Erfahrungsschatz:

„Du musst dir vorstellen, die Tochter verschwindet, ohne Erklärung, ohne Brief, ohne ein Zeichen. Die Eltern sind einem Sturm der Gefühle ausgesetzt. Besonders schlimm trifft es sie, wenn der Verdacht auf ein Verbrechen besteht und das ganze keinen Abschluss findet. Die ewige Ungewissheit zermürbt."

Der nächste Satz des Ermittlers trifft Schmidt mitten ins Herz:

„Manchmal ist die Verzweiflung so groß, dass die Zurückgelassenen sogar dankbar dafür wären, wenn ich ihnen die Leiche des geliebten Menschen auf die Türschwelle legen würde."

Traurige Zeilen prägen sich ein:

„Tiefbekümmert bittet eine Mutter um Nachricht über ihre Tochter ..."
„Eine alte Mutter verzehrt sich in Sehnsucht nach ihrer Tochter ..."
„Eine mittelose Frau mit vier unerzogenen Kindern sucht ihre Tochter ..."
„Ein hochbetagter Vater bittet inständigst um Nachricht über seine Tochter ..."

Die bei Dorothee Buntrock gefundenen Bewerbungsbriefe stammen aus dem Frühjahr und Sommer 1890. Kommissar Schmidt sucht mit seiner Mannschaft die jungen Damen auf:

Marie Klingemann in Neustadt am Rübenberge,
Ida Heilmann in Osnabrück,
Anna Kölling in Nienburg,

Elisabeth Rother in Dortmund,
Luise Müller ebenfalls in Dortmund und
Grete Willers aus der Wedemark.

Vor jedem Besuch pocht sein Herz bis zum Hals. Trifft er die ehemalige Bewerberin an, oder wird sie vermisst?

Die sechs jungen Damen erfreuen sich glücklicherweise bester Gesundheit. Sie erkennen alle auf dem Polizeifoto einwandfrei die Stellenvermittlerin Dorothee Buntrock wieder. Den jeweiligen Ablauf des Vorstellungsgespräches berichten sie ausführlich.

Der Gendarm aus der Wedemark liefert Schmidt zusätzliche Informationen.
Erbe und Buntrock nutzen gern die neue Eisenbahnstrecke von Hannover in die Lüneburger Heide. Um ihren Lebens-unterhalt zu bestreiten, hielten sie Ausschau nach lohnenden Objekten für einen Einbruch. Reiche Hannoveraner bauten ihre Villen in der Gegend. Erbe stieg auch in Wochenendhäuser ein. Seine Geliebte stand währenddessen Schmiere.

Wegen verschiedenster kleiner Einbruchs-delikte wurde Erbe bestraft. Buntrock war jeweils „zufällig" am Tatort. Sie blieb aber unbehelligt.

Kommissar Schmidt konfrontierte sie anschließend mit den neuen Erkenntnissen. Er wollte sie dazu bringen, gegebenenfalls noch weitere Tötungen zu gestehen.

Dorothee Buntrock äußerte sich aber nur zu den Verbrechen, die ihr zweifelsfrei nachgewiesen werden konnten.

Schmidt gibt nicht auf. Er versucht ihr auf einer emotionalen Ebene näher zu kommen. Der Versuch misslingt. Kein Wunder, dies liegt dem sachlichen Kriminalisten einfach nicht.

„Haben Sie Herrn Erbe geliebt? Was machte ihn so anziehend für Sie?"

Dorothee Buntrock antwortet mit einem Grinsen.
„Fragen Sie doch einmal die anderen Flittchen, was sie an Erbe, dem Paramour, fanden. Alle sagen vermutlich das Gleiche: seinen langen Zebedäus."

Schmidt hört sich im Umfeld des Paares um. Er erkundigt sich nach ihrer und seiner Kindheit und Jugend.

Wie sich das Paar kennengelernt hat, fragt er auch Bekannte und ehemalige Nachbarn. Er möchte mehr über Erbes und Buntrocks Leben erfahren.

Die Kollegen schütteln beim Aktenstudium nur mit dem Kopf. Sie sehen keinen Zusammenhang mehr zu den Taten.

Was treibt ihn an?

Schmidts Recherchen ziehen sich bis Ende Mai 1892 hin. Dem leitenden Staatsanwalt Heinrich Maizier „steckt" man einiges über seine eigenwilligen Nachforschungen. Der Vertreter der Anklagebehörde kommt zu dem Ergebnis, dass dem Kommissar in dem Fall langsam die gebotene Neutralität abhandenkommt. Er wirkt vielmehr wie ein Getriebener auf der Suche nach weiteren Leichen.

Maizier zitiert den Kriminalkommissar in sein Dienstbüro. Der Ton wird rauer. Der Staatsanwalt untersagt ihm unmissverständlich, die Ermittlungen nach weiteren, eventuellen Morden fortzusetzen. Er möchte die Anklage und den Gerichtstermin forcieren. Das Urteil über die Mörder soll gefällt werden. Für ihn spielt es keine Rolle, ob noch weitere Taten hinzukommen. Erbe und Buntrock werden höchstwahrscheinlich sowieso zum Tode verurteilt.

Schmidt hingegen fürchtet um die Freiheit der polizeilichen Ermittlungen. Nach seiner Ansicht stehen sich Polizei und Staatsanwaltschaft in dem Fall unversöhnlich gegenüber. Beide gleichen sich allerdings in ihrer Unbarmherzigkeit. Eine Anordnung des Staatsanwaltes, der Herr des Verfahrens ist, reicht, um das Gerechtigkeitsgefühl des Kommissars zu zerstören.

8

Die Gerichtsverhandlung

Am Donnerstag, den 23. Juni 1892, kommt es vor dem Schwurgericht des Königlichen Landgerichts in Magdeburg zur Verhandlung. Landgerichtsdirektor Hans Polte hat selbst den Vorsitz. Die Justiz beraumt nur fünf Verhandlungstage an.

Das Wetter passt zum Auftakt des Gerichtsprozesses: Es regnet pausenlos. Auch der Himmel weint über die schrecklichen Missetaten.

Die Neustädterin Marie Klingemann und Ida Heilmann aus Osnabrück sind neben anderen als Zeuginnen vorgeladen. Ihre Aussagen sind für den zweiten Verhandlungstag vorgesehen.

Das Gericht stellt den Zeugen mit weiter Anfahrt eine Unterkunft. Sie reisen daher bereits einen Tag vor ihrer Aussage an.

Marie und Ida hatten ihre Sachen in einen stabilen Karton gepackt, der mit einem Band umwickelt und mit einem Griff versehen wurde. Einen Koffer besitzen sie nicht.

Für die beiden jungen Frauen ist es die bislang weiteste Reise ihres Lebens. Nervös gehen sie im Gerichtsflur vor dem großen Saal auf und ab.

Sie haben in der städtischen Zeitung einige Artikel über die Morde gelesen. Hinzu kommen die Erzählungen von Bekannten über die brutale Vorgehensweise des Mörderpaares. Ihnen wird bewusst, wie knapp sie einem grauenvollen Tod entkommen sind.

Der Schwurgerichtssaal ist der größte Verhandlungsraum im Königlichen Landgericht. Neben den Plätzen für Angeklagte, Verteidiger, Sachverständige und sonstige Prozessbeteiligte stehen noch Sitze für 115 Zuschauer einschließlich Zeitungsberichterstattern zur Verfügung. Dort wird überwiegend über sogenannte

Schwurgerichtssachen, dazu zählen auch Morde, Recht gesprochen.

Ein Wandbild mit der Justitia über der Richterbank schmückt den Saal. Diese Symbolfigur der Rechtsprechung weist eine Besonderheit auf. Es fehlt die übliche Augenbinde. Die bedeckten Augen sollen eigentlich symbolisieren, dass das Recht ohne Ansehen der Person und der Stellung gesprochen wird. Die Magdeburger Justitia zeigt, dass das Recht nicht blind vor der Wirklichkeit ist, sondern sich den Problemen und Hintergründen des Verfahrens zuwendet.

Die zahlreichen Justizwachtmeister haben an diesem Morgen im vollbesetzten Saal alle Mühe, für einen geordneten Ablauf zu sorgen. Eine Besonderheit: Der Vorsitzende hat als Ausnahme die Anwesenheit einer großen Anzahl von Pressevertretern zugelassen.

Landgerichtsdirektor Polte, der für seine strenge Verhandlungsführung und als Formalist bekannt ist, eröffnet den Prozess mit der Feststellung der Beteiligten, von den Angeklagten, über ihren Rechtsbeistand, den

Geschworenen bis zu den Zeugen und Sachverständigen.

Werden Aussagende zu aufmüpfig, macht er seinem Namen alle Ehre und „poltert" dazwischen. Seit er am Landgericht wirkt, ist der Begriff „poltern" zu einem geflügelten Wort geworden.

Er verliest die Angaben zur Person der Angeklagten. Anschließend befragt er sie beziehungsweise ihre Verteidiger, ob sie sich zur Anklage äußern wollen oder nicht.

Dorothee Buntrock will von ihrem Aussage-verweigerungsrecht keinen Gebrauch machen.

Der bisherige „Schweiger" Fritz Erbe antwortet aufbrausend:

„Ich bleibe bei meiner Aussage! Ich bin kein Mörder! Ich weiß nichts von den Taten!"

Sein Verteidiger wirft ihm einen verwunderten Blick zu. Der Beschuldigte wiederholt frühere Vorwürfe:

„Dorothee und ihr Liebhaber, Carl Behrens, haben die Morde begangen. Sie bezichtigt mich, weil sie sich an mir rächen will."

„Sie haben später noch genügend Zeit, sich zu dem Sachverhalt zu äußern", unterbricht ihn der Vorsitzende mit energischen Worten.

Der Staatsanwalt Heinrich Maizier liest zunächst die ausführliche Anklageschrift vor, dann beendet Richter Polte den ersten Tag des Mordprozesses.

Der zweite Verhandlungstag beginnt in aller Frühe mit den Zeugenaussagen.
Eine junge Stellenbewerberin nach der anderen beantwortet sichtlich eingeschüchtert die Fragen des Vorsitzenden. Sie geben in knappen Sätzen Auskunft. Die Aufregung schnürt ihnen fast die Kehle zu.
Marie Klingemann, Ida Heilmann, Auguste Kölling, Elisabeth Rother, Luise Müller, Wilma Wagenknecht und Grete Willers geben mit fast gleichlautenden Worten die sehr ähnlichen Gesprächsverläufe ihrer Bewerbungstreffen wieder.
Emmas Tante schildert am Nachmittag tränenreich die Stellensuche ihrer Nichte. Wehklagend identifiziert sie die vom Richter vorgelegten Gegenstände als das Eigentum der getöteten Emma.

Erschütternd nehmen alle Beteiligten die Zeugenaussage des Hotelier Klages aus Hameln zur Kenntnis.

„Die Dora war mein Liebling. Als sie von Hannover nach Hameln kam, um noch einmal Abschied zu nehmen, war ich nicht zu Hause. Ich habe mein Kind mithin nicht mehr sehen können. Seitdem meine herzensgute Dora verschwunden ist, hatte ich keine glückliche Stunde mehr", bekundet er mit tränenerstickter Stimme.

Als weitere Zeugin erscheint das „Fräulein" Gerecht, die Wirtstochter aus Eschede. Sie versichert:

„Ich erinnere mich ganz genau, dass Frau Buntrock eines Vormittags im August 1890 mit einem jungen, bildhübschen Mädchen in der Gastwirtschaft meines Vaters einkehrte. Sie waren mit dem 9.40-Uhr-Zug in Eschede angekommen. Kurz darauf ist ein Mann in die Gaststube getreten und hat an einem anderen Tische Platz genommen.

Frau Buntrock und das junge Mädchen haben Kaffee getrunken. Der Mann, den ich mit voller Bestimmtheit als Herrn Erbe wiedererkenne, hat ein Glas Bier bestellt. Er hat etwa zehn Minuten später als die beiden Frauen das Gasthaus verlassen. Ich habe ihm lange Zeit nachgeschaut, dabei ist mir sein eigentümlicher Gang aufgefallen."

Landgerichtsdirektor Polte fordert die Zeugin auf, den Gang nachzuahmen. Im Anschluss befiehlt er Erbe, einige Male im Gerichtssaal auf und ab zu gehen.

„Das ist der Mann. Kein Zweifel", sagt die Zeugin.

„Was veranlasste Sie, sich den Mann so genau anzusehen und seinen Gang zu beobachten?", fragt Polte nach.

„Er und Frau Buntrock waren mir unheimlich. Ich weiß auch nicht warum. Mir schien es, als gehörten die beiden zusammen. Sie haben das Mädchen im Wald ermordet. Einfach unglaublich."

Nach dieser Aussage herrscht im Gerichtssaal eine große Unruhe.

Am Morgen des dritten Verhandlungstages schließt Landgerichtsdirektor Polte aus *„Sittlichkeitsgründen"*, wie er es begründet, die Öffentlichkeit aus.

Einzelne Aussagen der Angeklagten zeugen von einer solchen *„Vertiertheit"*, urteilt Polte.

Sie sollen deshalb auch in diesem Buch nicht wiedergegeben werden.

Die Kaltschnäuzigkeit und Gefühlskälte der Angeklagten Buntrock kommt aus der Gerichtsakte deutlich zum Ausdruck. Bei ihrer Aussage stierte sie auf einen bestimmten Punkt an der Wand des Gerichtssaals. Schaute sie gar auf die Justitia?

Dorothee Buntrock entpuppt sich während der Gerichtsverhandlung als einfältige Psychopatin.

Auf Befragen des Vorsitzenden bemerkt sie:
„Die Kasten war groß und stark, sie hat sich furchtbar gewehrt. Da konnte Fritz nicht lange nach der Schlagader suchen, sondern musste schnell dem Mädchen den Hals abschneiden.“

„War Frau Kasten sofort tot?“

„Nein, sie zappelte noch etwa zehn Minuten.“

„Schrie sie denn nicht?“

„Sie konnte ja nicht schreien. Wir haben ihr zunächst einen Knebel in den Mund gepresst und sie alsdann zu Boden geworfen."

„Was taten Sie, als Herr Erbe der Frau Kasten den Hals durchschnitt?"
„Ich habe der Ermordeten den Kopf festgehalten, sie versuchte sich zu wehren."

„Sie müssen doch dabei beide stark mit Blut bespritzt gewesen sein?"

„Jawohl."

„Das war im Mai 1890, und im August 1890 haben Sie in genau derselben Weise die siebzehnjährige Dora Klages im Escheder Wald geschlachtet?"

„Jawohl."

„Sie haben sich das Mädchenschlachten geradezu als Handwerk auserkoren. Ihr Verdienst ist es nicht, dass Sie nicht noch mehr Mädchen ermordet haben …
In Dortmund hat ein Mädchen abgelehnt, mit Ihnen durch den Wald zu gehen. Sie waren ihnen zu aufdringlich. Ein anderes Mädchen in Nienburg ist der Ermordung nur entgangen, weil die Großmutter es nicht rechtzeitig geweckt hatte.

In Neustadt und Wunstorf gefiel Ihnen die armselige Bekleidung und das Aussehen von zwei Bewerberinnen nicht. In der Wedemark rettete die Schwester das potenzielle Opfer.

Wenn noch mehrere Mädchen Ihre Vermittlung in Anspruch genommen hätten, gäbe es dann noch mehr Tote?"

„Das kann ich nicht sagen."

„Hat sich Frau Klages auch gewehrt?"

„Jawohl, die Klages war aber bedeutend schwächer als die Kasten. Wir konnten sie schneller überwältigen."

„Hat sie denn nicht geschrien?"

„Sie hat's versucht, obwohl ihr auch ein Knebel in den Mund gepresst war. Ich deckte, als sie zu schreien begann, meinen Mantel über ihr Gesicht."

„Starb Frau Klages schnell?"

„Die Klages hat noch sehr lange gezappelt, wir schnitten ihr einfach die Beine ab. Das war eine Sauarbeit und sehr anstrengend. Ich war immerhin schon in der 38. Schwangerschaftswoche."

Nach dieser Antwort sind leise Äußerungen des Entsetzens der Prozessbeteiligten wahrzunehmen.

„Haben Sie, Frau Kasten außer ihren Kleidern, der goldenen Uhr, Kette, die Ringe, die sie an den Fingern trug, auch 60 Mark bares Geld geraubt?"

„Jawohl."

„Hatte Frau Klages auch Geld bei sich?"

„Nicht einen Pfennig."

„Das war Ihnen vorher bekannt?"

„Ich fragte sie in Eschede, ob sie Geld habe, da antwortete sie: nicht einen Pfennig."

„Das Reisegeld von Hannover nach Eschede und den Kaffee in Eschede haben Sie für das Mädchen bezahlt?"

„Jawohl."

„Sie wussten, dass Frau Klages kein Geld bei sich hatte. Trotzdem haben Sie sie ermordet?"

„Sie hatte sehr schöne Sachen."

„Der bloßen Sachen wegen haben Sie das Mädchen wie ein Stück Vieh geschlachtet?"

„Sie hatte ein sehr hübsches Kleid, da konnte ich nicht widerstehen."

„Ihre Wirtin hat erzählt: Sie haben des nachts häufig geweint?"

„Das stimmt. Das geschah wegen des vielen Totmachens."

Nach einer kurzen Pause, die alle Beteiligten offensichtlich bitter nötig haben, wird Fritz Erbe zur Sache gehört:

Für den 13. August, den Tag der Ermordung von Dora Klages, könne er ein Alibi vorweisen.
„Damals war ich nicht in Eschede, sondern habe in Hannover an der Kröpcke-Uhr Lotterielose verkauft."

Der Angeklagte räumt ein, dass er selbst mehrere Annoncen geschaltet hatte.

„Galanter junge Mann sucht gefällige Bekanntschaft."

„Ich wollte nur Sex mit den Bewerberinnen. Und habe darauf spekuliert, ihnen noch etwas Bares abzuknöpfen."

Erbes Rechtsbeistand stellt zahlreiche Beweisanträge. Sie zielen darauf ab, seine Unschuld an den Morden zu beweisen.

Landgerichtsdirektor Polte geht auf einige Anträge der Verteidigung ein, lässt weitere Zeugen zu, macht aber später deutlich, dass er die Aussagen des mehrfach Vorbestraften nicht anerkennt.
Er resümiert, dass der Nachweis des Alibis vollständig misslang.

Am vierten Verhandlungstag belasten mehrere Zeugen Fritz Erbe schwer. Er habe einem Mädchen in Hannover, wie die dortige Stadtpolizei in der Szene ermittelte, Schmuck geschenkt, der nach den Aussagen des Vaters und der Schwester von Dora Klages stammt. Der Angeklagte zuckt bei den Worten kurz zusammen.

Am Nachmittag wird es wissenschaftlich und „fleischlastig". Die geladenen Sachverständigen tragen ihren Beitrag an der Aufklärung des schrecklichen Verbrechens vor.

Insbesondere die Aussage des Gerichtsarztes und Kreisphysikus Oskar Lauterbach geht an den Verfahrensbeteiligten nicht spurlos vorbei.

Er beschreibt bis ins kleinste Detail die Obduktion der beiden jungen Frauen, erläutert die Todesursachen und schildert ausführlich den langen, qualvollen Leidensprozess bis zum Eintritt des Todes. Nach und nach versagten demnach beiden Opfern die Organe.

Die Anwesenden verfolgen entsetzt die erbarmungslosen Nachfragen des Vorsitzenden:

„Können mit einem einfachen Schlachtermesser Gliedmaßen abgetrennt werden? Welche Kraftanstrengungen sind dafür erforderlich? Könnte auch eine Frau die Taten ausführen?"

Am letzten Verhandlungstag betritt der wohlhabende Bruder von Dorothee Buntrock als Leumundszeuge den Gerichtssaal. Der Tischlermeister, dem eine große Möbelhandlung gehört, reiste aus Holzminden an. Als sie ihren Bruder erblickt, erfasst sie ein heftiger Weinkrampf. Ihm rinnen ebenfalls die Tränen übers Gesicht. Der Bruder erzählt über die gemeinsame schwere Kindheit, den Mühen der Eltern, den Kindern eine bessere Zukunft zu geben, den Fleiß seiner Schwester, beruflich etwas zu erreichen. Er gibt aber auch zu, dass der Kontakt zu seinen Geschwister letztlich abgebrochen ist.

Fritz Erbe lässt dies alles äußerlich kalt. Er erweckt nicht den geringsten Eindruck von Anteilnahme, geschweige denn von Reue.
Er leugnet weiterhin beharrlich, an den Mordtaten beteiligt gewesen zu sein:

> *„Ich bin der festen Ansicht, dass der Liebhaber von Dorothee, Carl Behrens, der vor einigen Monaten nach Amerika gegangen ist, der Mörder ist."*

Den Geschworenen bleibt nach der Beweisaufnahme jedoch nicht der leiseste Zweifel, dass Fritz Erbe der Haupttäter ist. Keiner der Zeugen kann bekunden, dass Dorothee Buntrock jemals einen anderen Liebhaber als ihn gehabt hatte.

Staatsanwalt Heinrich Maizier deutet am späten Nachmittag in seinem Plädoyer an, dass die Beschuldigten wohl noch für weitere Morde verantwortlich seien.

„Niemand vermag zu sagen, wie viele Frauen diesem Duo infernale möglicherweise noch zum Opfer gefallen sind. Um ihnen diese Taten nachzuweisen, mangelt es aber an stichhaltigen Indizien."

Die zwei bewiesenen Morde reichen den Geschworenen. Sie sprechen nach kurzer Beratungszeit beide Angeklagten am Mittwoch, den 29. Juni 1892, schuldig.

Am Rande sei erwähnt, dass alle Geschworenen männlichen Geschlechts sind oder gemäß Gesetz: „Das Amt eines Geschworenen ist ein Ehrenamt, das nur deutschen Männern verliehen werden kann."

Zu fortgeschrittener Stunde verkündet Landgerichtsdirektor Hans Polte das Urteil:

„Im Namen des Reiches …"

Im Gerichtssaal herrscht eine gespannte Erwartung. Die sonore Stimme des Vorsitzenden wirkt diszipliniert, besonnen, fast abgeklärt.

Fritz Erbe und Dorothee Buntrock nehmen die Worte gefasst auf.

Im Saal herrschte Totenstille.

Nur draußen begleitet ein Unwetter mit Blitz und Donner das Ende der Verhandlung.

10

Das „unwerte" Leben

Fritz Erbes Kindheit war von Erniedrigung, Hänseleien und Spot geprägt. Er wuchs mit zehn Geschwistern auf. Erbe war ein äußerst dürres, knochiges, x-beiniges, körperlich schwaches Kind, das ständig kränkelte. Besonders beim monatlichen Waschtag nach der großen Wäsche der Mutter, als alle Kinder in einer Zinkwanne in der Waschlauge gebadet wurden, musste er Gespött und Hohngelächter über sich ergehen lassen. Denn dieses ausgemergelte Kind hatte ein unverhältnismäßig großes Glied.

Das, was ihm als Kind so zu schaffen machte und peinlich war, bezeichnete er später als Jugendlicher und Erwachsener stolz als sein

„bestes Stück". Als Liebhaber und Beischläfer war er gefragt.

Dorothee Buntrock wuchs ebenfalls in einer kinderreichen Familie mit drei Brüdern und zwei Schwestern auf. Zwei Brüder mussten auf dem Lande arbeiten und ihren wenigen Lohn abgeben. Der dritte Bruder lernte Tischler und wurde später wohlhabend. Ihre beiden Schwestern verließen das Elternhaus schon mit 16 Jahren und verdingten sich in der Stadt als Fabrikarbeiterinnen. Recht bald glitten sie aber in die Prostitution ab. Dieses Los wollte Dorothee nicht teilen. Sie lernte, ebenfalls in der Stadt, das Zuschneiden. Mode und Kleidung wurden ihre Leidenschaft.

Die damals 34-jährige Dorothee Buntrock begegnete dem ein Jahr älteren Fritz Erbe im Spätherbst 1889 am Kröpcke in Hannover. Die Frau hatte es ihm angetan, so sprach er sie einfach an und gab ihr eine Tasse Kaffee aus. Eigentlich verkörperte die brünette, großgewachsene elegante Frau das Gegenstück zu Erbe. Sie war resolut und ließ sich nichts gefallen. Anders bei Fritz Erbe. Er unterwarf sie und hatte das Sagen. Sie erfüllte alle seine Wünsche, auch sexuell.

Dorothee Buntrock nahm Fritz Erbe bereits nach dem ersten Kennenlernen mit in ihre Absteige. Diese war allerdings sehr hellhörig. Da beide beim Liebesakt laute Geräusche von sich gaben, traf man sich danach in der Behausung von Erbe. Sie nannte ihn „meinen Paramour", was man heute als außerehelichen Sexpartner oder intimen Liebhaber bezeichnen würde.

Wenn beide Langeweile überkam, und das passierte häufiger, stand ihr Ausflugsziel immer gleich fest: die Bahnhöfe, insbesondere der Hauptbahnhof von Hannover und das heimelige Bahnhofsgelände in Bennemühlen.

Auf den Bahnhofsvorplätzen, in den Bahnhöfen und auf den Bahnsteigen schlenderten sie unentwegt von einer Seite zur anderen. Sie waren aufmerksame Beobachter. Ihr Blick galt vor allem dem weiblichen Geschlecht. Das Gesehene inspirierte sie zu verklärten Träumen. Ihre Fantasien unterschieden sich nur in Nuancen:

Dorothee Buntrock sah den gepflegten, anmutigen, adretten Damen nach. Ästhetische, stilvolle, liebliche Frauen gefielen ihr am meisten. Die hübsche, flotte Bekleidung musste auf sie sexy und verführerisch wirken. Sie sah sich selbst in jedem dieser Kleider, neidische Blicke auf sich ziehend. Ein wohliges Gefühl durchströmte ihren Körper. Vor allem Kleidungsstoffe aus Seide, Nylon und Satin taten es der Zuschneiderin an. Ob später auch eine sexuelle Erregung durch das Tragen der Wäsche der Ermordeten entstand, ist nicht bekannt.

Fritz Erbes Blicke verfolgten die wohlgeformten, jungen, attraktiven und reizvollen Mädchen. Sie weckten wahrscheinlich erotische Fantasien. Erbe verspürte vermutlich das sexuelle Verlangen, sich mit ihnen zu vereinigen. Die Reize waren möglicherweise so übermächtig, dass sie sein unbändiges Lustempfinden ständig aktivierten.

Das Paar schaffte oftmals nicht mal mehr den Rückweg bis zu ihrer Absteige. Man überraschte die beiden beim Geschlechtsakt auf den öffentlichen Toiletten im Bahnhof, nach einer heißen Suppe in den Nischen des

Gebäudes der Heilsarmee und hinter Büschen in der Parkanlage.

Wie ging das Paar mit seinen sexuellen Wünschen um?

Welche Person kriminalisierte sich zuerst?

Wer hat den Tathergang bestimmt?

Entwickelte sich das Morden zu einem positiven Reiz?

Wollten sie gar Grenzerfahrungen kennenlernen?

Wie waren ihre Gefühle vor, während und nach der Tat?

Fragen über Fragen.

Für den Richter war es unstrittig, dass es eine Absprache zwischen Erbe und Buntrock gab. Die Taten planten beide gemeinsam, beginnend mit der gezielten Opfersuche per Anzeige, der Auswahl der jungen Frauen, das „Hinführen" zu den Tatorten im Wald, und ….

Die Antwort auf die Frage, ob die Morde bis hin zur Zerstückelung der Leichen im Voraus geplant oder zumindest billigend in Kauf genommen wurden, bleibt offen.

Waren sie nun Raubmörder oder Serienvergewaltiger?

Fritz Erbe und Dorothee Buntrock galten damals in der Kriminalgeschichte als die brutalsten Raubmörder.

Aber war Raub tatsächlich das vordergründige Tatmotiv? Dem Mörderpaar war schon vor den Verbrechen bekannt, dass die Opfer praktisch keine Wertsachen bei sich führten.
Verlangten es die Moralvorstellungen in der Kaiserzeit, dass die Justiz dem Volk als Beweggrund nur Raub und nicht etwa sexuelle Motive präsentierte?

Der Richter sprach in der Verhandlung von einer „Vertiertheit" der Täter. Nach unserer heutigen Ansicht diskriminierte er damit die Angeklagten und setzte sie mit triebgesteuerten Tieren gleich. Der Prozessvorsitzende legte das Verbrechen als ein zwanghaftes Handeln aus. Er machte den animalischen Trieb für die Raubtaten verantwortlich.

Der „Drang" kann die Zurechnungsfähigkeit eines Menschen mutmaßlich einschränken. Es scheint mir jedoch eher unwahrscheinlich, dass dies bei beiden gleichzeitig vorlag.

Nach der Anthropologin Lucy Suchman ist es nur dem Menschen möglich, situationsbedingt zu handeln.

Oder rein wissenschaftlich:
Menschen besitzen die besondere Fähigkeit, zu denken, zu analysieren und zu planen. Möglich wird das durch einen Teil des Gehirns, genannt präfrontaler Kortex. Es handelt sich bei dieser Region um eine dünne Schicht im vorderen Gehirnbereich, der nur 4 bis 5 Prozent des gesamten Gehirnvolumens ausmacht.

Diese Erklärung widerspricht der „Vertiertheits"-Theorie.

Psychologische Gutachten gab es in der damaligen Rechtsprechung noch nicht. Die diesbezügliche Wissenschaft steckte in den „Kinderschuhen".

Heutige Juristen würden die im Magdeburger Schwurgericht benannten Motive vermeintlich nur bedingt gelten lassen. Beide Opfer führten kaum Bargeld, noch nennenswerte Wertgegenstände bei sich. In beiden Fällen trugen die Frauen jedoch ein schönes Kleid. Ein Tatmotiv, welches bereits im Prozess für Unverständnis bei Justiz und Publikum sorgte.

Vielmehr scheint die, nach Aussage von Fritz Erbe bereits im Voraus eingeplante Vergewaltigung, ein Hauptmotiv gewesen zu sein. Die Kleidung der Frauen, die nach Angaben von Dorothee Buntrock für sie ausschlaggebend bei der Auswahl der Opfer war, durfte sie behalten. Ob sie, die Lehrerin für Wäschezuschneiden, eine eiskalte Wäschefetischistin war, sie gefallen am Beobachten des sexuellen Missbrauchs oder der Tötung empfand, ist neben der Abhängigkeit von Fritz Erbe denkbar.

Es wäre womöglich zu einfach, die schwere Kindheit, die familiären Umstände und die damaligen Arbeitsbedingungen einzig für die fürchterlichen Verbrechen mitverantwortlich zu machen.

Welche Emotionen stecken hinter den Taten der „Mädchenschlächter"?
Welche Gefühlsbewegungen lösten die Morde bei Erbe und insbesondere bei der Buntrock aus?

War sie als Abhängige nur ein „Werkzeug" von Fritz Erbe oder lebte sie ihre sadistische Fantasie quasi über den Täter Erbe aus?

Internationale Studien zeigen, dass auch heutzutage die Gesellschaft Frauen als Täterinnen nicht im Blick hat. Dies wird beispielsweise beim sexuellen Missbrauch von Kindern deutlich und der Rolle, die Frauen dabei spielen.

Das Täterpaar folgte nach meiner Einschätzung während der Tat dem Handlungsfaden, den sie allem Anschein nach zuvor in ihrer Fantasie entwickelten.

Sexualität in der damaligen Zeit war tabuisiert. Selbst sexuelle Lust zwischen Ehepartnern wurde mit Schmutz und Unreinheit assoziiert. Jegliche Sinnlichkeit in der bürgerlichen Ehe galt es auszuschließen. Die praktizierte Trennung von sinnlicher und reiner Liebe wurde von der Gesellschaft als die klügste und gesündeste Variante der Sexualität erklärt.

Welche kriminologischen Erkenntnisse bringt uns der damalige Fall Erbe/Buntrock heute?

Die Morde erfolgten mehr oder weniger nach demselben Muster. Die Auswahl der Opfer scheint willkürlich per Anzeige. Dorothee Buntrock traf die Entscheidung. Sie muss anscheinend die Vorlieben ihres Geliebten genau gekannt haben.

Gutachter schreiben derlei Taten meistens Männern zu. Frauen versuchten ihren sexuellen Zwängen auf andere Weise zu entfliehen. Liegt derartige Brutalität nicht in der Natur von Frauen? Der amerikanische Literaturwissenschaftler Bram Dijkstra von der Universität San Diego schreibt, dass die Unterstellung männlicher Abartigkeit, die Frauen von der Verantwortung für die eigene Perversion entlastet.

Serienmörderpaare bilden vielleicht Ausnahmen, wie beispielsweise auch Erbe und Buntrock. Sie gehen meist mit äußerster Brutalität vor: Die Opfer werden vergewaltigt, verstümmelt, gefoltert, es werden Gliedmaßen abgetrennt und nekrophile Handlungen vorgenommen. Sie töten schlimmstenfalls, um des Tötens willen.

Häufig behalten der oder die Täter Gegenstände ihrer Opfer als Trophäe. Bei Erbe und Buntrock sind es Kleidung und Schmuck. Unter Umständen ermöglichen die gesammelten Relikte auch, den daraus gezogenen Lustgewinn erneut zu erleben.

In gewisser Weise lässt sich bei den Tätern eine Art pure „Mordlust" feststellen: Er führt möglicherweise zur Sucht.

Wiederholungstäter perfektionieren oftmals ihre Morde. So nahmen Erbe und Buntrock später eine Wasserflasche mit, um sich das Blut von ihren Händen waschen zu können.
In der Regel verkürzen sich aufgrund der Sucht die Abstände zwischen den Taten.
Hinterher können sich Mörder oftmals nicht mehr detailliert an die Tatausführung erinnern. Sie befinden sich vermutlich in einem Blutrausch. Dorothee Buntrock hingegen schildert die Taten präzise bis ins kleinste Detail.

Zwischen den beiden zugegebenen Taten des Mörderduos bestand ein großer zeitlicher Abstand. Es liegt daher der Verdacht nahe, dass sie noch weitere junge Frauen töteten.

Höchstwahrscheinlich durchlebten sie die Morde im Nachhinein mehrfach, was ihnen vorrübergehend eine Befriedigung verschaffte.

Doch mit der Zeit verblasste das Empfinden. Das Verlangen nach Wiederholung gewann in der Folge überhand. So entwickelten sie sich anscheinend zu Serienmördern.

Selbst als sich das Paar trennt, spricht Fritz Erbe in seinen Briefen an seine frühere Geliebte noch von „betäubenden" Gedanken.

Einige „Lustmörder" jener Tage wählten arme Frauen oder Prostituierte aus. Das bekannteste Beispiel hierfür ist Jack the Ripper, der im Herbst 1888, also etwa zur Zeit der Morde von Erbe und Buntrock, in London mehrere Frauen brutal tötete. Er wurde nie gefasst.

Die Mädchenschlächter „bevorzugten" junge Frauen aus gutem Hause, die als Dienstmädchen arbeiten wollten.

Ein Zeichen unfassbarer Gefühlskälte: Dorothee Buntrock brachte nur acht Tage nach dem Mord an Dora Klages, nämlich am 21. August 1890, ihr Kind in Hannover zur Welt. Eine Hochschwangere hält ein junges Mädchen fest und ergötzt sich daran, wie sich ihr Geliebter an ihr barbarisch vergeht.

Anschließend zerstückeln sie gemeinsam die Leiche.

Was mit dem Kind von Dorothee Buntrock passierte, konnte leider nicht mehr recherchiert werden.

Das Traurige: Die Namen der Täter bleiben in Erinnerung. Ihre mörderischen Geschichten finden sich in Krimis und Filmen wieder. Sie werden sogar zu einer Art Kultfigur wie beispielsweise der Serienkiller Fritz Haarmann. Mit seinem Hackebeilchen taucht er alljährlich auf dem Hannover-Adventkalender auf. Die Opfer hingegen geraten oftmals in Vergessenheit.

Ziel dieses Buches ist es, die Erinnerung an die ermordeten jungen Frauen zu bewahren.

9

Das „gerechte" Ende

Am 29. Juni 1892 erklären die Geschworenen die beiden Angeklagten wegen zweifachen Raubmordes für schuldig. Daraufhin verhängt am frühen Abend Richter Polte gegen sie die Todesstrafe.

Nur wenige Leute kennen vorher den genauen Zeitpunkt ihres Sterbens. Einzig die zum Tode Verurteilten wissen, wann ihre letzte Stunde geschlagen hat.

Das Paar musste auf die Vollstreckung der Strafe, der Enthauptung mit der Axt, lange warten. Quälten die Mörder aufgrund ihrer grauenhaften Taten währenddessen Albträume? Das weiß niemand.
Dorothee Buntrock vertrieb sich die Zeit bis dahin in der Zuchthausschneiderei. Sie ließ

sich viele Stoffe liefern. Den Mithäftlingen bringt sie das Zuschneidern bei. Sie selbst fertigt bunte Sommerkleider.

Das Los von Fritz Erbe stellt sich im Zuchthaus als ein bedeutend härteres dar. Mithäftlinge meiden nicht nur seine Anwesenheit, er muss auch manche Schikane über sich ergehen lassen. Gelegentlich tatsächlich in Form körperlicher Züchtigung.

Dorothee Buntrock stellt mehrere Anträge, Fritz Erbe besuchen zu dürfen. Das Gericht und die Zuchthausverwaltung lehnen diese ab. Sie schreiben sich unzählige Briefe, die man durchaus als Liebesbriefe bezeichnen kann. Vielleicht wollen sie sich damit gegenseitigen Trost zusprechen.

Das Gericht terminiert ein knappes Jahr später, für den 25. Mai 1893 die Urteilsvollstreckung.

In Amerika richtete man drei Jahre zuvor, im August 1890, den ersten Menschen auf dem elektrischen Stuhl hin. In Preußen galt die Enthauptung als übliche Methode. Die Justiz bestellte wenige Scharfrichter. Im Falle des Mörderpaares war es Friedrich Reindel.

Es ist ein Mittwoch. Die Amseln zwitschern bereits in der Dämmerung. Nach und nach treffen die Männer ein, die das Urteil vollstrecken sollen.

Dazu gehören neben dem Scharfrichter und seinem Gehilfen zwei Personen des Gerichts, der Gerichtsschreiber, ein Vertreter der Staatsanwaltschaft und ein Gefängnisbeamter.

Bei vielen Hinrichtungen kommt kurz vor der Vollstreckung ein gewisses Mitleid auf. Anders bei der Exekution von Fritz Erbe und Dorothee Buntrock. Dabei waren Rachegefühle bei den Vollstreckern eher spürbar. Ob beide aus Todesangst um Gnade gefleht haben, ist nicht überliefert.

Nur so viel ist bekannt:

„Reindel, begleitet von einem Gehülfen, vollzieht in schwarzem Anzug die Enthauptungen mittels Richtbank und Hackbeil sowohl bei Erbe als auch wenig später bei Buntrock jeweils mit einem tadellosen Beilhieb."

Die Leichname werden nach der Hinrichtung den Verwandten übergeben. Die Bestattung erfolgt ohne größere Feierlichkeiten. In der Zuchthausordnung ist alles genauestens geregelt. Die Behörden legten in der Kaiserzeit auch den Eintrag ins Sterberegister fest.

Im Sterberegister des Standesamtes Magdeburg-Altstadt wird unter der Nummer 804 festgehalten:

„Magdeburg, den 25. Mai 1893.
Auf schriftliche Anzeige des Königlichen Ersten Staatsanwalts hierselbst wird eingetragen, dass Dorothee Buntrock, Schneiderin, 37 Jahre alt, evangelischer Religion, wohnhaft zu Hannover, geboren zu Holzminden, unverheiratet, Tochter des Tapezierers August Buntrock und dessen Ehefrau Marie Luise geborene Hildebrandt genannt Wegener, beide verstorben, zu Magdeburg im Gerichtsgefängnis am fünfundzwanzigsten Mai Eintausend-achthundertneunzigunddrei, vormittags um sechs verstorben ist.
Der Standesbeamte
gez. Unterschrift"

In der Zelle sollen auch Briefe, die sich Buntrock und Erbe geschrieben haben, gefunden worden sein. Sie wurden allerdings nicht aufbewahrt. Angeblich stand darin, dass die beiden noch unzählige Morde begangen haben.

Kurz nach der Urteilsvollstreckung folgt ein weiterer unnatürlicher Todesfall.

Der Hotelier Heinrich Klages kann seinen Schmerz über den Verlust seiner Tochter Dora nicht verwinden. Im Sommer 1893 erhängt er sich auf dem Dachboden seines Hotels. Die Anteilnahme der Einwohner von Hameln ist überwältigend.

11

Für die Nachwelt dokumentiert

Der Fall Erbe/Buntrock gilt als eines der ersten aufsehenerregenden Gerichtsspektakel mit einem breiten Zeitungsinteresse. Sowohl die lokale, die überörtliche als auch die internationale Presse berichteten, teils sensationslüstern, über das Mörderpaar.

Nachdem der Leichnam von Emma Kasten identifiziert worden war, schrieben zuerst die Zeitungen der Region Magdeburg täglich, und für damalige Verhältnisse sehr reißerisch über den Fund. Es kursierten viele Gerüchte und Verschwörungstheorien.

Dorothee Buntrock wurde plötzlich überall gesehen. Die Blätter legten ihr mehrere Verbrechen zur Last, darunter den Mord an Johann Hegmann, einem kleinen Jungen, der mit durchgeschnittener Kehle in einer Scheune mitten in Xanten aufgefunden wurde. Das Verbrechen sorgte deutschlandweit für gewaltiges Aufsehen und Medieninteresse, konnte aber niemals aufgeklärt werden.

Die zuständige Staatsanwaltschaft stellte jedoch am 3. Juli 1892 klar, dass die beiden nicht als Täter infrage kamen. Die Polizei ermittelte, dass sich Dorothee Buntrock und Fritz Erbe zur Tatzeit in Kleve aufgehalten hatten. Wobei Kleve nun nicht allzu weit von Xanten entfernt liegt.

Auch einige missglückte Mordversuche an alleinstehenden Männern, unter anderem in Burg, Sachsen-Anhalt, werden ihnen zugeschrieben. Diese Geschichten erweisen sich allerdings später als Zeitungsenten oder lokaler Dorftratsch.

Seriöse Blätter, wie das **Amtliche Wanzlebener Kreisblatt,** informieren neutraler.

Als im November 1891 der Jäger mit seinem Hund im Wald von Neuhaldensleben die bereits stark verwesten Überreste einer Frauenleiche findet, vermeldet das Kreisblatt in seiner Ausgabe am 8. Dezember 1891:

„Bei der Toten handelt es sich um die 30-jährige Emma Kasten aus Minden. Emma Kasten hatte sich laut Zeugenangaben bereits im Mai 1890 nach Haldensleben begeben."

Um die Leiche von Dora Klages zu finden, ordnete die Staatsanwaltschaft Magdeburg einen Ortstermin bei Eschede an.

Die **Cellesche Zeitung** veröffentlicht in ihrer Ausgabe vom 12. März 1892 in der Rubrik Lokales:
„Die Raubmörderin Dorothee Buntrock wurde gestern früh von hier nach Eschede transportiert, um die Stelle aufzusuchen, wo die ermordete Dora Klages aus Hameln verscharrt sein soll. Die Buntrock konnte aber den Thatort nicht mit Bestimmtheit bezeichnen und daher konnte die Leiche nicht gefunden werden. Dieser Mord ist von der Buntrock eingestanden worden, sie behauptete indessen, an dem Tag der That zu angegriffen gewesen zu sein und ihre Gedanken nicht zusammen gehabt zu haben, so dass sie sich nicht recht an die Stelle erinnern könne. Beide Mörder, Erbe und Buntrock, wollen ihr Opfer auf dem Eschede-Loher Wege etwa ¾ Stunden von Eschede, links seitwärts ins Holz geführt und hier umgebracht haben. Nach Beendigung des Augenscheintermins wurde die Buntrock, eine ziemlich elegante brünette Person, die sich mit

beispielloser Gleichgültigkeit bewegte, wieder nach Magdeburg zurückgebracht. In Eschede verursachte der Termin ein begreifliches Aufsehen und es hat Mühe genug gekostet, das neugierige Publikum zurückzuhalten. Auch am hiesigen Bahnhofe hatte sich eine große Menge Schaulustiger eingefunden."

Eine Woche später gibt es einen zweiten Ortstermin, diesmal ohne die Täterin.
Die **Cellesche Zeitung** schildert in ihrer Ausgabe vom 19. März 1892:
„Auf erneute Order der Staatsanwaltschaft Magdeburg wurde heute Morgen in aller Frühe noch einmal bei Eschede nach der Leiche der Dora Klages gesucht, und zwar von dem Oberwachtmeister der Gendarmerie des Kreises Celle, dem in Eschede stationierten Gendarmen Wilhelm Bunte und einem Landbriefträger des dortigen Ortes. Diesmal waren die Nachsuchungen von Erfolg, ungefähr 200 Schritte von der Stelle, an der man in voriger Woche gesucht hatte, fand man die Leiche etwa ½ Fuß tief unter der Erde …"

Zwei Tage später, am 21. März 1892, enthüllt das selbe Blatt Neues über die Leichenschau und nennt erstmals Einzelheiten zum Tathergang:

„An dem besagten Tage, am 25. August 1890, trafen die Buntrock und die Dora Klages aus Hameln in Hannover zusammen, worauf beide nach Eschede fuhren, in welcher Gegend die Buntrock der Klages eine Stellung versprochen hatte. Die Billets (4. Klasse) hatte die Buntrock gelöst, und Erbe fuhr unbemerkt in demselben Wagen mit. In Eschede begaben sich die Buntrock und die Klages in die Nähe der am Bahnhof gelegenen G.sche Gastwirtschaft und tranken dort Kaffee, wobei auch Erbe erschien und, wie völlig fremd, an einem Nebentisch Platz nahm. Darauf gingen beide, ohne Erbe, in der Richtung nach Schelploh weiter. An dem Handweiser, welcher die Wege Lohe und Weyhausen bezeichnet, wurde gerastet und auf einen Mann gewartet, der den richtigen Weg angeben sollte. Dieser Mann, eben Erbe, gesellte sich wie zufällig nun bei, gab den Weg an und ging mit. Unterwegs wurden Brombeeren gepflückt, bis plötzlich das Mörderpaar die Klages überfiel. Die Buntrock stopfte dem Mädchen den Mund zu und hielt es fest, während Erbe dem unglücklichen Opfer mit einem Schlachtermesser den Kopf abschnitt. Während Erbe mit einem Kinderspaten das Loch grub, entkleidete die Buntrock die Leiche. Das Loch wurde hierauf mit Erde und Moos zugedeckt. Mit dem Inhalt der vorgefundenen Flasche hat sich das Mörderpaar wahrscheinlich die Hände gewaschen. Die Beute, welche die Mörder durch *die furchtbare That erlangten, war sehr gering, sie bestand nur aus der Garderobe und 30 – 40 Pfennig bares Geld. Die Buntrock hat sich auch später noch cynisch geäußert: „Bei der Geschichte sind wir nicht auf die Kosten gekommen." Von Eschede begaben sich die Mörder wieder nach Hannover, wo die Buntrock in der dortigen Entbindungsanstalt 8 Tage später einem Kinde das Leben gab."*

Einfühlsam wird die Beerdigung von Dora Klages am 22. März 1892 in der „**Celleschen**":

„Eine ergreifende Trauerfeier beging man gestern in Eschede. Es galt, die Überreste der gemordeten Dora Klages aus Hameln in geweihter Erde zu bestatten. Und als ob die ganze Gegend sich verpflichtet hielte, die dem unglücklichen Mädchen daselbst widerfahrene zum Himmeln schreiende Unbill gut zu machen, so fand die Trauerfeier eine Betheiligung, wie man sie bislang selten dort gesehen. Den von der Gemeinde gestellten Sarg zierte reicher Blumenschmuck, der von allen Seiten herbeigebracht worden war, und dem entsprach auch das große Trauergefolge von über 200 Personen. Am Grabe auf dem Escheder Kirchhofe waren alle tief bewegt, als der Seelsorger der Gemeinde dem Andenken des armen Opfers menschlicher Verworfenheit und fluchwürdiger Habsucht ergreifende und zu Herzen gehende Worte christlicher Liebe nachrief."

Ergänzend berichtet die Zeitung am 24. Juni 1892 bezüglich der Behauptung von Fritz Erbe, dass er mit den Morden nichts zu tun habe, *„zwar seien die Anzeigen im Hannoverschen Tageblatt von mir aufgegeben worden, ich habe aber nur einen unsittlichen Verkehr mit einem der sich meldenden Mädchen gewünscht und dann von demselben Geld herauslocken wollen."*

Ein Auszug aus der internationalen Presse:

Die **Vorarlberger Landes-Zeitung** im österreichischen Bregenz lässt am 2. März 1892 verlautbaren:

„Dienstbotenmörder in Deutschland
Noch ist die an Aufregungen so reiche Schwurgerichtsverhandlung in Wien über das Mörderpaar Schneider in aller Erinnerung und schon liest man von einem gleich würdigen Paar, das Magdeburg zum Schauplatze seines ruchlosen mörderischen Treibens erwählt hat. Auch hier sind die Unholde ein Paar: der Agent Fritz Erbe und seine Braut, die Schneiderin Dorothee Buntrock."

Ähnliches verkünden das **Deutsche-Volksblatt** in Wien in seiner Abendausgabe und die **Tages-Post** in Linz sowie der **Werschetzer-Gebirgsbote** in Serbien.

Das **Prager-Abendblatt** teilt in einer Beilage vom 25. Mai 1893 mit:

„Hinrichtung

Der Agent Fritz Erbe und die Schneiderin Dorothee Buntrock, die vom Magdeburger Schwurgericht zum Tode verurtheilt wurden, weil sie zwei Mädchen unter dem Vorgeben, ihnen Stellung zu verschaffen, in den Wald gelockt, ermordet, beraubt und dann die Leichen verscharrt hatten, wurden am 25. D. M. Früh in Magdeburg durch das Beil hingerichtet."

Auch Chronisten fühlen sich bewogen, die Grausamkeiten des Mörderduos für die Nachwelt zu dokumentieren.

Am 21. Juni 1892 schreibt Lehrer Hans Leunig, der seit dem Oktober des Vorjahres in Dalle bei Eschede die Schulstelle bekleidet, einen längeren Eintrag in der **Schulchronik**. Er schildert ein Verbrechen, das wenige Monate zuvor die Bevölkerung der Heide erschüttert hatte:

„Etwa zwei Jahre sind nach jenem schauerlichen Ereignis verflossen, welches unsere friedliche Gegend in namenlosen Schrecken versetzte. Am 13. August 1890 traf eine sogenannte Stellenvermittlerin, Buntrock mit Namen, in Begleitung eines etwa 17jährigen Mädchens, Dora Klages genannt und aus Hameln gebürtig, mit

dem Vormittagszuge in Eschede ein. In die Gerecht'sche Gastwirtschaft tat mit ihnen zugleich eine mit demselben Zuge angekommene Mannsperson ein, welche der Buntrock anscheinend unbekannt war, in Wahrheit jedoch von dieser zur Mithilfe an dem zu schildernden Ereignisse bestellt worden war. „Erbe" war der Name dieser Bestie in Menschengestalt …

Auf ein angegebenes Zeichen wurde nun Dora Klages von beiden überfallen und in grauenerregender Weise ermordet …

Einer ähnlichen Mordthat wegen wurden Buntrock und Erbe nachher in Magdeburg festgenommen, und im Gefängnis legte Buntrock angeblich aus Hass gegen Erbe ein Geständnis auch dieses Mordes ab …

Man grub die Leiche aus und vertraute die Gebeine dem Friedhof in Eschede an."

Auch ein Museum erinnert mit einem besonderen Exponat an die Taten von Erbe/Buntrock.

Seit 1924 steht ganz in der Nähe von Neuhaldensleben, und zwar in Burg Ummendorf, das Börde-Museum. Die Betreiber zeigen dort auch heute noch ein besonderes Exponat. Vom Aussehen gehört es eher zu einem Kuriositätenkabinett. Es handelt sich um einen zweifarbig gearbeiteten Handkorb mit doppeltem Henkel und zwei Metallschließen. Das Grundgerüst des Korbes besteht aus Weide. Diese in der Literatur auch als Trachtenkorb bezeichnete Form der Damenhandtasche erfreute sich im 19. Jahrhundert großer Beliebtheit. Die Form des Korbes erinnert eher an ein kleines Köfferchen.

Wie gelangte der Handkorb in die Sammlung?

Der Grund ist in den vermeintlichen Besitzverhältnissen zu suchen. Den Korb mit der Inventarnummer V 02107/04/04 listeten die Archivare als „Damenkorb der Hausiererin und Raubmörderin Buntrock" auf.
Bei den Bewerbungsgesprächen soll sie nach Zeuginnenaussagen den Korb immer bei sich getragen haben. 1890 wohnte sie in Neuhaldensleben in der Wohnung von Heinrich Falke in der Schäferstraße 10. Dort soll sie den Korb beim Auflösen der Wohnung vergessen haben.

Im verschlossenen Korbinneren vermuten die Museumsbeschäftigen angeblich Gegenstände, die sich zum Zerstückeln einer Leiche eigneten sowie Diebesgut in Form von Schmuck.

Diese Anekdote bezeichnen Insider allerdings in Gänze als Legende.

Ein Damen-Handkorb, angeblich aus dem Besitz der „Raubmörderin" Dorothee Buntrock

12

Erinnerungen

Dora Klages ist nach der gerichtsmedizinischen Untersuchung auf dem Escheder Friedhof beigesetzt worden.

Über 130 Jahre nach der Tat erinnert noch ein kleiner, unscheinbarer Gedenkstein an die Verbrechensserie. Dieser befindet sich am Tatort, in der Nähe von Eschede, unweit des Loher Weges.
Neben der Kirche in Eschede steht ein Ehrenmal, das ursprünglich das Grab von Dora Klages zierte:
„Hier ruht in Gott
Dora Klages
geboren zu Hameln 22. März 1873
ermordet, beraubt
im Walde bei Eschede
am 13. August 1890

aufgefunden und begraben
am 21. März 1892."

Auf der Rückseite des Grabsteins meißelte der Steinmetz ein:

„Unter kalten Mörderhänden
Mußte sie ihr Leben enden
Ein traurig Los war ihr beschieden
Nun ruht sie fest in Gottes Frieden"

Autor Manfred Henze am Gedenkstein der ermordeten Dora Klages

Und auch ein berühmtes Gedicht spielt wohl auf das Verbrechen von Erbe und Buntrock an:

„An Anna Blume" von dem Hannoveraner Kurt Schwitters. Vermutlich ließ sich der Künstler, Maler, Dichter, Raumkünstler und Wohngrafiker Kurt Schwitters durch das Pseudonym Anna Blume inspirieren. Dorothee Buntrock benutze dieses als angebliche Stellenvermittlerin.

Schwitters bildete sich ein, einen persönlichen Bezug zu dem Fall zu haben. Fritz Erbe brachte nämlich als möglichen Täter einen Carl Behrens ins Spiel. Aller Wahrscheinlichkeit nach dachte er sich den Namen nur aus. Aber der Zufall wollte es, dass der Dichter mit einem Carl Behrens eine Schulklasse besuchte.

Das Gedicht inspirierte noch viele andere Künstler und hinterlässt auch noch in der Gegenwart seine Spuren. So bezieht sich beispielsweise der Hit „A-N-N-A" von der Stuttgarter Hip-Hop-Band „Freundeskreis" auf Schwitters Verse.

Den Mord an Dora Klages griff auch ein Künstlerpaar in *Das raubmörderische Paar*

Dorothee Buntrock und Fritz Erbe oder wie durch menschliche Verworfenheit und fluchwürdige Habsucht der Dora Klages eine himmelschreiende Unbill widerfuhr" auf.

Zum Bahnhofsfest am 3. Mai 1997 in Eschede brachten die beiden Bänkelsänger ihr Werk dem Publikum zu Gehör.

Im Wald von Haldensleben gibt es nichts Vergleichbares. Auch über das Grab des ersten Opfers, Emma Kasten, liegen keine weiteren Informationen vor.

Das Mörderpaar Erbe/Buntrock ähnelt einem Massenmörder, der Jahrzehnte später sein Unwesen trieb: Fritz Haarmann.
Bis heute bleibt er, zumindest in und um Hannover, den Menschen im Gedächtnis.

Vielleicht ging 1890 der damals 11-jährige Fritz Haarmann schon an Fritz Erbe und Dorothee Buntrock vorbei, der auch mit Vorliebe die Bahnhöfe aufsuchte. Haarmann wurde später zum Massenmörder, eventuell waren Erbe und Buntrock sogar seine Vorbilder.

Unvergessen ist der Liedtext:
„Warte, warte nur ein Weilchen,
bald kommt Haarmann auch zu dir,
mit dem kleinen Hackebeilchen
macht er Hackefleisch aus dir."

Eine Strophe trifft sogar auf beide Fälle zu:
„In Hannover an der Laane,
Rote Gasse Nummer achten,
Dort wohnt der Massenmörder Haarmann,
Der die Menschen umgebracht."

Sowohl Buntrock und Erbe als auch Haarmann wohnten in der Roten Gasse in Hannover, Haarmann Hausnummer 8, Erbe Hausnummer 10, nur in unterschiedlichen Epochen.

13

Der Versuch einer Einordnung

13.1 Die Zeit am Ende des 19. Jahrhunderts

„Das 19. Jahrhundert nennen wir das Zeitalter der Technik. Auf dem Gebiet der technischen Erfindungen liegt unstreitig der Kern seiner Besonderheit. Hier ist im Wesentlichen hinsichtlich der neuen Arbeitsbedingungen auch die Wurzel der tiefgreifenden politisch-sozialen Umwälzungen unserer Zeit zu suchen. Darüber hinaus haben die modernen Verkehrsmittel den Welthandel der Gegenwart ermöglicht und jenes dichtmaschige Netz von Beziehungen geschaffen, das heute die Völker des Erdballs miteinander verkettet."

Diese Zeilen stammen aus der Neustädter Rundschau bzw. dem Rodewalder Anzeiger, vom 30. Dezember 1889.

Insbesondere gegen Ende des 19. Jahrhunderts prägten große, gesellschaftliche Veränderungen die Epoche, beispielsweise die Industrialisierung in den Großstädten sowie der Fortschritt in Wissenschaft und Technik.

Verarmte Bauern und Bedienstete verließen ihre Dörfer. Sie hofften auf ein besseres Leben in der Stadt. Die Bevölkerungszahl stieg zudem dramatisch an. Mütter mit mehr als zehn Kindern waren keine Seltenheit. Dies führte teilweise zu Hungersnöten.

Die Städte waren dem Ansturm nicht gewachsen. Das überlastete Gesundheitswesen, die Wasserver- und -entsorgung bereitete Probleme.

In der Stadt, aber auch teilweise für das sogenannte Gesinde auf dem Lande, fehlte ausreichend Wohnraum. Familien lebten oftmals in einem einzigen Zimmer, meist der Küche.

Die sozialen Schichten trennten sich zunehmend räumlich voneinander. In den Städten wuchsen die Elendsviertel und Wohngebiete der Unterschicht, auch als „Absteige" für Kriminelle. Die allumfassenden Mängel bildeten auch den Nährboden für Kriminalität.

Zur gleichen Zeit entstanden in vielen Städten Quartiere für die Besserverdienenden. Es entwickelte sich eine Parallelgesellschaft. Der Adel hatte in der Bevölkerung einen hohen Stellenwert.

Auf dem Land herrschte noch die Zeit der Mägde, Knechte und Dienstboten. Harte, körperliche Arbeit, wenig Abwechslung, Schlichtheit und Armut formten die Menschen. Der Einzelne empfand die Armut gar nicht so stark, weil er nichts anderes kannte. Vieles von damals kommt uns heute primitiv vor. Trotz der Begrenztheit verlief das Leben in geregelten Bahnen, aus denen aber kaum jemand ausbrechen konnte.

Nicht alle hielten sich an die moralischen Vorstellungen von sittlicher Reinheit und Triebverzicht. Sie überschritten Grenzen menschlichen Zusammenlebens, wurden kriminell, gelegentlich auch schwerkriminell.

13.2 Die Rolle der Frauen in der Kaiserzeit

Um das Verbrechen der Mörder Buntrock und Erbe einordnen zu können, muss man die Rolle der Frau zur damaligen Zeit betrachten. Frauen besaßen kein Recht auf eine höhere Bildung. Mädchen beendeten in der Regel im Alter zwischen 14 und 16 Jahren die Schule.

Ende des 19. Jahrhunderts veränderte sich das Familienleben.
Im städtischen Umfeld trennten sich bei immer mehr Berufen Arbeits- und Wohnort. Der Mann verließ das Zuhause, um für den Unterhalt der Familie zu sorgen. Die Frau kümmerte sich um den Haushalt und die Kindererziehung.
Diesem gesellschaftlichen Leitbild in Reinform konnten jedoch nur wenige wohlhabende, bürgerliche Familien entsprechen.
Sie gaben hohe Summen dafür aus, geladene Gäste standesgemäß begrüßen und bewirten zu können. Die Frau stand immer hinter ihrem Mann, förderte ihn und seine Karriere. Sie selbst empfand sich „nur" als Gattin und Mutter.

Bei der Mehrheit der Arbeiterfamilien mussten Ehefrau und Töchter mitverdienen. Verheiratete Frauen durften zu dieser Zeit ohne offizielle Zustimmung ihres Mannes weder arbeiten noch über Geld verfügen. Sie besaßen auch keinen gesetzlichen Anspruch auf ihre Kinder.

Bei der Analyse des Falls Erbe/Buntrock spielt auch das damalige Intimleben eine Rolle.

Wie sah es aus?

Ende des 19. Jahrhunderts war es selbstverständlich, dass die Frau den Geschlechtsakt nur über sich ergehen lassen musste, eigene Lust durfte sie dabei nicht empfinden.

Ehefrauen hatten den außerehelichen Geschlechtsverkehr ihres Ehemanns zu billigen. Von der Frau wurde erwartet, dass sie „unberührt" die Ehe einging. Der Sinn ihres familiären Lebens bestand darin, Kinder zu gebären und ihrem Mann seine Wünsche zu erfüllen.

Bis ins 19. Jahrhundert ging es für Frauen bei Sexualität nur um die Fortpflanzung. Ansonsten war sie ein Tabuthema.

Erst Ende des 19. Jahrhunderts brachen Psychiater dieses Tabu und stellten die vielfältigen Facetten der Sexualität in den Mittelpunkt ihrer wissenschaftlichen Arbeit.

Die gesamte Kriminalität und auch insbesondere Sexualdelikte sind daher im zeitlichen Kontext zu betrachten. Früher spielte die sexuelle Selbstbestimmung nur eine untergeordnete Rolle.

13.3 Der Beruf der Dienstbotin

Junge Dienstmädchen waren aus dem Alltag des 19. Jahrhunderts nicht wegzudenken. Es war normal, junge Frauen „in Stellung" zu schicken. Der Wechsel einer Tochter in einen anderen Haushalt galt als akzeptable berufliche Weiterentwicklung. Als Dienstmädchen hofften sie, ihre soziale, materielle und finanzielle Situation verbessern zu können.
Es war eine Zwischenstation vor dem Auszug zur Eheschließung.

Sie stammten hauptsächlich aus den Dörfern der örtlichen Umgebung. Ihre Eltern waren typischerweise kleinbürgerliche Handwerker und Bauern. Sie wuchsen in der Regel in kinderreichen Familien auf. Bereits mit 12 bis 16 Jahren mussten sie Pflichten und Verantwortung in der Familie übernehmen.

Insbesondere bürgerliche, adelige und großbäuerliche Haushalte griffen üblicherweise auf die Mithilfe von Dienstpersonal zurück. Die jungen Mädchen lebten mit der „Herrschaft" unter einem Dach und gehörten somit ihrem Haushalt an. Der Großteil ihrer

Bezahlung bestand aus **freier** Kost und Logis. Die Unterbringung war meist sehr schlecht. Sie bestand häufig aus einem Bett auf dem Hängeboden. Nur wenige Dienstmädchen erhielten ein eigenes, unbeheiztes, Zimmer.

In den Städten, wo Frauen im Verlauf des 19. Jahrhunderts zunehmend Beschäftigung in Fabriken fanden, herrschten nach allgemeiner Meinung Unmoral und Sittenlosigkeit, nicht zuletzt beeinflusst von einer bürgerlichen Presse. Prostitution und Geschlechtskrankheiten breiteten sich aus.

Sowohl Dienstmädchen als auch Fabrikarbeiterinnen waren aufgrund ihres Geschlechts benachteiligt. Ein großer Unterschied lag jedoch in der Form des Arbeitsverhältnisses. Hausmädchen standen in einem extrem hohen, persönlichen Abhängigkeitsverhältnis. Sie waren Willen und Willkür der „Herrschaft" ausgeliefert. Es gab keinerlei Rückzugsmöglichkeit, keinen Rechtsanspruch auf Pausen und Freizeit. Bei Dienstmädchen setzte man eine 24-Stunden-Arbeitsverpflichtung voraus.

Den Rahmen des Arbeitsverhältnisses bestimmte die „Gesindeordnung", in der Gehorsam, Treue und Pflichtbewusstsein der Frauen, nicht jedoch Arbeitszeiten, Bezahlung, soziale Absicherung oder Ähnliches festgelegt waren.

Die Ordnung sah vor, dass jeder „Stellungswechsel" bei der Polizei angegeben und dort abgestempelt werden musste.

Verwandte und Bekannte vermittelten häufig die Stellen. Nur ein Teil der jungen Mädchen suchte sich ihre „Herrschaft" selbst aus. Oft entschied der Vater. Eltern achteten dabei auch auf das Wohl ihrer Tochter. Nicht selten soll es zu sexuellen Übergriffen – mit der Folge einer Schwangerschaft – durch die männliche „Herrschaft" gekommen sein. Das wollten die Eltern natürlich vermeiden.

Stellenanzeigen waren ein weiterer Weg, eine geeignete Arbeitskraft zu finden. Hatte die Bewerberin bereits als Dienstmädchen gearbeitet, musste sie ein Zeugnis vorlegen.

Einen schlechten Ruf besaßen die privaten Vermittlungsbüros, die im Laufe des 19. Jahrhunderts in größeren Städten entstanden. Der Grund lag vermutlich darin, dass dafür eine Vermittlungsgebühr bezahlt werden musste. Oftmals konnten arbeitssuchende, junge Mädchen der Versuchung dennoch nicht widerstehen und bewarben sich trotzdem.

14

Epilog

Stellenbewerberin Marie Klingemann, spätere Zeugin vor dem Schwurgericht, heiratete im Jahre 1902 den Dienstknecht August Henze aus Neustadt am Rübenberge. Sie bekamen insgesamt acht Kinder. Zwei Jungen wurden bereits vor ihrer Eheschließung geboren. Einer von beiden hieß Erich.

Die beste Freundin von Marie Klingemann, Ida Heilmann, bewarb sich ebenfalls als Reisebegleiterin bei einer Grafenfamilie. Auch sie sagte als Zeugin vor Gericht aus. Die junge Frau heiratete in Jahre 1899 den Arbeiter Johannes Henze aus Osnabrück. Zur Familie gehörten vier Kinder. Das älteste nannten sie Emma.

August und Johannes Henze verband eine entfernt verwandtschaftliche Beziehung.

Die „alten" August und Marie Henze geb. Klingemann

Die „jungen" Johannes und Ida Henze geb.
Heilmann

Erich und Emma lernten sich bei einer Familienfeier im Jahre 1931 in Neustadt kennen und lieben. Zwei Jahre später heirateten sie.

Was verbindet sie mit mir?

Erich und Emma Henze sind meine Großeltern; Marie, geborene Klingemann, und August Henze meine Urgroßeltern großväterlicherseits; Ida, geborene Heilmann, und Johannes Henze sind die Eltern meiner Oma.

Ich durfte glücklicherweise meine Ur-Großmütter Marie und Ida noch kennenlernen.

Ur-Oma Marie, geboren 1874, wohnte im Alter in Neustadt in der Mittelstraße mit vier Generationen unter einem Dach. Sie residierte im Obergeschoss.

Ur-Oma Ida, geboren 1872, lebte Zeit ihres Lebens in Osnabrück.

Es hatte Tradition, dass Ur-Oma Ida die Monate Januar und Februar in den 50er-Jahren des letzten Jahrhunderts „auf dem Lande" in Neustadt verbrachte. Auf den

Besuch freute ich mich immer. Die Wochen empfand ich als eine besonders anheimelnde Zeit, die ich mit beiden verbringen durfte.

Bewusst erinnern kann ich mich ab der Zeit, als ich etwa sechs Jahre alt war. Entsprechend waren die beiden lieben Damen schon 84 beziehungsweise 86 Jahre alt.

Von der Garderobe her kleideten sie sich nach meiner Erinnerung immer dunkel, Ur-Oma Marie etwas ländlicher, mit einer Baumwollschürze mit Kragen und Flechtborte über die „guten Sachen" und Ur-Oma Ida etwas städtischer, mit einer Halbschürze aus Baumwolle mit Spitze. Damit erweckten sie bei mir den Eindruck, als wenn sie den Haushalt noch führten und ständig in der Küche agierten. Sie fühlten sich noch „in Stellung". Dies stimmte selbstverständlich nicht. Sie wurden von den nächsten Generationen als Altenteiler im Haus mitversorgt.

Beide lernten in ihrem Leben schlechte Zeiten kennen und verhielten sich entsprechend sparsam. Dies äußerte sich zum Beispiel am

Abend, wenn sie bei Kerzenschein zusammensaßen.

Ich entsinne mich noch gut, dass ich diese schönen Stunden herbeisehnte. Zwischen beiden durfte ich auf dem alten, abgewetzten Sofa dämmern, eine Ur-Oma kraulte mir in den Haaren, die andere streichelte meine Wangen.

Nebenbei erzählten sie sich viele Dinge, in der Regel von früher und vor allem aus ihrer gemeinsamen Jugendzeit.

Mit spitzen Ohren lauschte ich stumm der Unterhaltung.

Im Laufe der Jahre stellte ich fest, dass sie auf ein besonderes Ereignis immer wieder zu sprechen kamen. Ihre Stimmen wurden ernst. Es fiel der Begriff „Mädchenschlächter". Ich konnte mir darunter nichts vorstellen. Zudem „snackten" sie auch noch Plattdeutsch, das ich nicht so beherrsche.

Ich merkte nur, dass es sich um etwas Schlimmes handeln musste. Die eine oder andere Träne rollte ihre Wangen hinab.

Ur-Oma Ida starb 1960. Damit geriet die Erzählung in Vergessenheit.

1969 bewarb ich mich bei der Polizei. Als Ur-Oma Marie, inzwischen 95 Jahre alt, davon erfuhr, erzählte sie mir die Geschichte von den „Mädchenschlächtern", den Serienmördern Fritz Erbe und Dorothee Buntrock, in aller Seelenruhe und sehr ausführlich. Sie schilderte ihr Vorstellungsgespräch bei Knoke, die Beziehung zu ihrer Freundin Ida, die Morde, den Gerichtstermin, viel bisher Unbekanntes über das Mörder-Pärchen. Alles sog ich förmlich auf, zwar mit Gänsehaut, aber wissbegierig.

Und es setzte sich bei mir fest. Der Schock darüber saß tief.
 Ich fragte mich: *„Warum berichtete sie mir davon gerade jetzt so ausführlich?"*.
Entweder beabsichtigte sie, mich von meinem Berufswunsch abzubringen oder sie wollte mir zeigen, was mich erwartete. Eines erreichte Ur-Oma Marie auf jeden Fall. Die schrecklichen Erlebnisse ließen mich nie wieder los.

Anfang 1971 erwarb ich den Polizeiführerschein. Mein Opa schenkte mir einen uralten Mercedes 190 Diesel mit

Lenkradschaltung. Ur-Oma Marie äußerte den Wunsch, mit mir eine kleine Spritztour zu unternehmen. Sie bat darum, einige Dörfer in der Umgebung noch einmal sehen zu dürfen, wo sie „in Stellung" war. Basse, Averhoy, Metel, Suderbruch fuhren wir schnell ab und pausierten dabei kurz vor den jeweiligen Höfen. Danach fragte sie mich, ob mein altes Auto es noch bis Eschede schafft. Das Benzingeld schob sie mir trotz meines Protestes in bar in die Hand.

So kutschierten wir langsam die 80 Kilometer in Richtung Celle. Während der gesamten eineinhalbstündigen Fahrt erzählte sie von „ihrem" Fall. Ihr „Beinah-Tod" hatte eine tiefe innere Narbe hinterlassen. Das Zuhören lenkte mich wahrlich als Fahrzeugführer ab. Sie malte den Kriminalfall so anschaulich, bewegend und packend aus. Sie entführte mich in eine längst vergessene Zeit, die ich nie erlebt hatte.

Im Schritttempo fuhren wir an dem Friedhof in Eschede vorbei. Der Weg zum Grabstein war ihr altersbedingt nicht mehr möglich.

Auf der Rückfahrt herrschte größtenteils Schweigen. Aus den wenigen Worten schloss

ich, dass mit dem Besuch diese grausamen Erinnerungen ein Ende fanden.
Im Herbst 1971 verstarb Ur-Oma Marie.

Mein ganzes Berufsleben lang setzte ich mich zwangsläufig mit der nüchternen, allgemeingültigen rechtlichen Definition des Todes auseinander:
„Der Tod ist der Zustand eines Organismus nach der Beendigung des Lebens."
Der Tod sollte frühzeitig mein ständiger Begleiter werden. Ich sah hunderte Mord- und Unfallopfer. Die grausamen Bilder gruben sich in mein Gedächtnis ein.
Auch nach meiner Pensionierung ließ mich der Tod nicht los. Als Mitarbeiter des Opferhilfevereins „WEISSER RING" betreue ich Angehörige von Getöteten.

Immer wieder dachte ich an die Erzählungen meiner Ur-Großmütter, aber verdrängte sie ebenso schnell wieder.
Als Pensionär und obendrein in Pandemiezeiten fand ich endlich die Zeit, über den vor mehr als 130 Jahren in dieser Gegend geschehenen Mord zu recherchieren.

Es mag ein wenig makaber klingen: Ich bin Fritz Erbe und Dorothee Buntrock dankbar, dass sie für ihre Mordpläne nicht Ur-Oma Marie oder Ur-Oma Ida ausgewählt haben.

Es hätte auch anders kommen können, und mich würde es dann nicht geben. Das beunruhigt mich doch ein wenig.

**Wahre Kriminalfälle
damals und heute**

Manfred Henze

**Stehlen, Quälen, Morden -
Das ist doch nicht erlaubt!**

**Polizeiarbeit im 19. Jh. und
150 Jahre später**

Books on demand
ISBN: 978-3-750417-27-4

Mit viel Humor schildert Manfred Henze alte und neue Kriminalfälle, spürt der Polizeiarbeit von gestern und heute nach. Der Autor weiß, wovon er erzählt: Er war 45 Jahre Polizist! Die letzten 15 Jahre davon leitete der Erste Polizeihauptkommissar das Kommissariat in Neustadt am Rübenberge. Es geht um Spanner, Prostituierte, Räuber, Mörder, Terroristen und mehr. Auch auf kleine Begegnungen mit Prominenten darf der Leser gespannt sein.

**Wahre Kriminalfälle
aus der Nachkriegszeit**

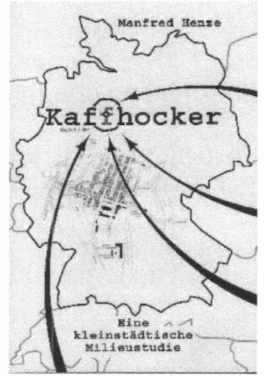

Manfred Henze

Kaffhocker

**Eine kleinstädtische
Milieustudie**

Books on demand
ISBN: 978-3-748119-39-5

Mit sehr viel Ernsthaftigkeit, Hintergründigkeit, gelegentlich auch mit Humor, schildert der ehemalige Erste Polizeihauptkommissar und langjährige Kommissariatsleiter Manfred Henze wahre Kriminalfälle aus der Nachkriegszeit. Manchmal kommt beim Erzählen auch sein berufsbedingter Polizeijargon durch. Es geht um Tod, Ehebruch, jugendlichen Leichtsinn, Betrug, Unglücke und mehr.

**Ein ausgedachter Kriminalfall
im Kontext zur heutigen Realität**

Manfred Henze

Eingemauert für die Ewigkeit

**Ein Kriminalfall in der
Provinz schockiert das
Städtchen,
das Land, die Welt und
die Whisky-Freunde**

Books on demand
ISBN: 978-3-750422-82-7

Hinter den altehrwürdigen, mächtigen Felsblöcken der Kasematten-Steinwand wird durch die Gunst des Schicksals eine Leiche gefunden.

Der in der Region allseits bekannte Kriminaldirektor Michael Heller nimmt sich des Falles persönlich an. Schon bald führen ihn die Ermittlungen in seine Jugendzeit zurück. Erinnerungen an die Legende vom eingemauerten Kind werden wach.

Ein perfekter Coup gerät außer Kontrolle und schlägt internationale Wellen. Der Name des Kaffs ist bald in aller Munde.

**Ein ausgedachter Kriminalfall
im Kontext zu wahrer und regionaler Geschichte**

Manfred Henze

Brassenköppe

**Seeprovinz-Kriminalroman
angelehnt an wahre
Ereignisse**

Books on demand
ISBN: 978-3-752661-80-4

Die Nadel steckt noch in der Armbeuge. Hat sich der bekannte Mediziner tatsächlich den goldenen Schuss gesetzt? So scheint es zumindest, als die Polizei den Leichnam auf der Insel Wilhelmstein entdeckt. Doch Kriminaldirektor Michael Heller hegt Zweifel an einem Selbstmord.

Er übernimmt höchstpersönlich die Leitung der Mordkommission „Brassenköppe". Kindheitserinnerungen werden wach. Nur zu gut kennt Heller die Region rund ums Steinhuder Meer. Er stellt gemeinsam mit alteingesessenen Polizeibeamten Nachforschungen an.

Die Ermittlungen lassen sie nicht nur tief in die Abgründe menschlicher Seelen blicken. Die dunkle Geschichte der Stadt wird wieder lebendig. Als Heller es noch mit vier hübschen, adeligen Damen zu tun bekommt, wird ihm das fast zum Verhängnis. Zumindest eine Katastrophe kann er verhindern …

Mehr über den Autor im Internet
unter
www.manfredhenze.de